燕园四记

燕園論藝

艺术与人生的对话

王曙光 著

北京大学出版社
PEKING UNIVERSITY PRESS

图书在版编目（CIP）数据

燕园论艺：艺术与人生的对话 / 王曙光著. — 北京：北京大学出版社，2017.3
（燕园四记）
ISBN 978-7-301-27860-4

Ⅰ.①燕… Ⅱ.①王… Ⅲ.①艺术评论–文集 Ⅳ.①J05-53

中国版本图书馆CIP数据核字(2016)第309830号

书　　　名	燕园论艺：艺术与人生的对话 Yanyuan Lunyi
著作责任者	王曙光 著
责任编辑	于铁红　周彬
标准书号	ISBN 978-7-301-27860-4
出版发行	北京大学出版社
地　　　址	北京市海淀区成府路205号　100871
网　　　址	http://www.pup.cn　新浪微博：@北京大学出版社 @培文图书
电子信箱	pkupw@qq.com
电　　　话	邮购部 62752015　发行部 62750672　编辑部 62750883
印刷者	三河市国新印装有限公司
经销者	新华书店
	787毫米×1092毫米　32开本　11印张　170千字
	2017年3月第1版　2017年3月第1次印刷
定　　　价	51.00元

未经许可，不得以任何方式复制或抄袭本书之部分或全部内容。
版权所有，侵权必究
举报电话：010-62752024　电子信箱：fd@pup.pku.edu.cn
图书如有印装质量问题，请与出版部联系，电话：010-62756370

小 引

作为艺术门外汉，惜未能登堂入室，只于门外掀帘斜窥，惊异于宫室之美，百官之富，虽不得其门而入，然痴醉不能自已，深夜呓语，聊以悦己而已矣。其痴迷之情或可原谅，其狂妄无畏真不可饶恕也。艺术乃生命之奢侈品；然而无艺术之浸润滋养，人生将何等干瘪乏味！子曰："志于道，据于德，依于仁，游于艺。"以艺术之心，游心于大化之中，吞吐宇宙，神布八荒，当此际也，生命自然得到慰藉、开阔与提升。于墨色飞宕、笔舞神驰之时，与古今艺术家意会神交，不亦快哉！躲进小楼成一统，管他春夏与秋冬！乙未中秋，辑成此卷，门外痴谈，贻笑大方。

东莱舒旷草于善渊堂

目 录

东西艺品

麦田里的守望者 / 003

——凡·高艺术札记

"在无垠的大地的庄严的静寂之中" / 029

——俄罗斯艺术随想

温柔的狂想 / 048

——芝加哥美术馆素描

痛苦与超脱：在东方与西方之间 / 058

师友雅品

书与道契，艺合天人 / 077

——李志敏先生《书论》读后

大巧若拙，大朴不雕 / 095

——单应桂艺术论

收藏月亮的人 / 101

——翁图先生侧记

仰望的眼睛与心灵 / 115

——杨飞云、芃芃绘画论

大道至简，大美无言 / 141

——为民先生侧记

美美与共，古意新风 / 155

——吴泽浩先生绘画初论

鼎彝精神，汉唐气象 / 164

——宗康金文书作北大展序

寂寞之道，王者之风 / 168

——观汉瑛先生书画有感

高古粹润闳廓奇崛 / 173

——《吴守峰山水画集》序

朗润清逸，蕴藉风流 / 182

——"华彩三人行"北大绘画展序

心画以真，复归于朴 / 184

——《珈艺十岁画集》序

浮生静品

    大唐春前记 / 191

    大唐春后记 / 193

    余姚梨洲书院记 / 196

    蔚秀斋记 / 199

    善渊堂记 / 201

    东莱抱月轩记 / 204

    福州尚工馆记 / 211

    余姚雪交亭记 / 213

    丝路行记 / 215

    舒旷诗稿卷一序 / 222

    舒旷诗稿卷二序 / 224

    舒旷诗稿卷三序 / 226

    舒旷诗稿卷四序 / 228

翰墨清品

    书学管窥之一：守道兼权，大象未乱 / 233

    书学管窥之二：古质今妍，会美俱深 / 236

书学管窥之三：学养该赡，鉴写相长 / 239

书学管窥之四：凝神静思，意在笔前 / 244

书学管窥之五：心手两忘，入妙通灵 / 248

书学管窥之六：拘放自如，任意合心 / 252

书学管窥之七：气宇融和，精神洒落 / 256

书学管窥之八：得心应手，妙用无穷 / 260

书学管窥之九：收视反听，契妙无为 / 263

书学管窥之十：古不乖时，今不同弊 / 267

书学管窥之十一：五合交臻，神融笔畅 / 271

书学管窥之十二：通会之际，人书俱老 / 275

书学管窥之十三：骨气遒润，众妙攸归 / 280

书学管窥之十四：法既不定，事贵变通 / 284

书学管窥之十五：书者法象，万象归心 / 290

萍踪闲品

惟有寒松见少年 / 297
　　——妙峰秋游记

亦风亦雨司马台 / 302
　　——金山岭长城散记
雪域诗国独寂寥 / 309
　　——青藏纪行
我欲因之梦寥廓 / 318
　　——昭乌达草原散记
梦想敦煌路八千 / 326
　　——西行散记

一 东西艺品 一

麦田里的守望者
——凡·高艺术札记

  我的内心有大自然，有艺术，有诗情。倘若据此而不知足，那怎样才会知足呢？

  我们能尽情去做的也许就是嘲笑我们这些小小的不幸，同时也嘲笑人类历史上那些大灾难。像个男子汉一样接受命运的挑战，坚定不移地朝着既定的目标走下去。

——摘自凡·高给提奥的信

一、绘画是仰望上帝的眼睛

正午的阳光很猛烈。我在阅读凡·高写给弟弟提奥的信以及他的传记。太熟悉这些文字了,以至于每个细节仿佛都历历在目。这个正午因了一个卓越灵魂的扰动而显得生气勃勃、毫无倦意。对于这个灵魂的理解和亲近,是这个灿烂的正午最值得纪念的收获,我感到自己胸膛里有一种激昂的沉重的情绪,对于生命和未知的将来的一种虔诚而庄严的情绪,这些情绪正是凡·高传达给我的。诚如伽赛医生在凡·高逝世后所说的,凡·高不是一个疯子,他是真正意义上的伟大的艺术家、卓绝的人生哲学家,横亘古今的一位大师。然而英雄似乎天生就注定要遭遇不幸,这个与命运奋战了一生的悲剧式英雄,一次次地与世俗作战,与困扰他的贫困、疾病、猜疑、鄙视作战,为致命的不为人知的孤独而痛苦,为艺术上的探求与挫折而饱受折磨,从这个意义上来说,凡·高可以和人类史上最坚忍卓绝的榜样贝多芬相提并论。而比之于贝多芬,凡·高所承受的内心煎熬和人生苦难,似乎要尖锐得多:贝多芬在世的时候,就已经为自己的艺术赢得了应有的尊崇与荣誉,然而凡·高却至死也没有亲眼见到世人对他的绘画艺术的肯定，这种不为人所知的痛苦，对于艺术家灵魂的摧残和打击，更数倍于穷困和爱情的磨难。窗子外面此时阳光明媚，正午的景物清晰晶莹，如果注意到天空中蔚蓝的轻快色调，那么我可以相信，春天似乎就在不远的地方起步了。这个春天对我意味着什么呢？我很想在这个正午为凡·高写点什么，就像我奉献给贝多芬的长诗《悲怆朔拿大》，可是我找不到一种完美地表达我的眼泪和微笑的形式：眼泪是用来祭奠他的悲剧式的命运和爱情的，而微笑则用来感谢他以诚挚与温暖的笔调写就的不朽的书信，这些书信浸润着我的心灵，也浸润着人类的心灵。

凡·高不是一个庸俗的艺术家，相反，在他的灵魂世界中，保有着对艺术最纯正的观念和最饱满的激情。与一般的绘画者不同的是，绘画在他那里，不是用以描绘自然或人类的工具，而是用以仰视上帝的眼睛，是他的全部炽热心灵的再现。他的绘画表现出一种纯粹的东西，一种澄澈得如同溪流一样的气质，单纯而富有力量。"如果一个人感觉到需要某种崇高的东西，某种无边无际的东西，某种使人意识到上帝存在的东西时，那么他就不必到远处去寻找。我想，当婴儿早晨醒来呀呀喊叫或者咯咯大笑时，从他的眼神中，我们可以看见某种比海洋更深、更宽、更加永恒的东西，因为婴儿在他的摇篮里看见了阳光。"在凡·高的书信中，处处可以感觉到这种单纯而崇高的情感，赤子一样的虔诚与纯真。我们不要仅仅看到凡·高苦难的一面，狂热的一面，其实在他的苦难和狂热的背后，有一种异常温柔的东西，一种大爱，一种慈祥的光辉笼罩在他的话语中，使得他的文字如同法国南部的阳光。在凡·高所描画的春天的果园、生机盎然的庭院、洋溢着温和梦幻色彩的鸢尾花里，我们可以感受到这颗狂躁不安的灵魂里温柔安详的一面，如同倾听那条激情澎湃的大河后面和缓温暖的溪流的声音。许多人，当其站在凡·高绚烂地燃烧着的向日葵前，或是站在他的抑郁而冷峻的、带着质疑和嘲讽眼神的自画像前，或是站在他的翻滚着如同不祥的预感一样的麦浪前的时候，那种震惊与竦惧的情绪常使得人们对这颗温柔的心灵产生种种的误读。请读一读那些温暖的感人肺腑的文字吧，你会发现，除了凡·高，恐怕再也没有第二个艺术家，能够以如此温柔的爱的情感，并以如此优美的文笔向我们描述命运、自然和艺术的秘密了。我时常被这些来自灵魂的文字感动得流泪！

二、"厄运助成功一臂之力"

艺术是一桩严峻的事业。严峻并不仅仅意味着一种天赋的庄严而沉重的使命,还意味着真正执着于艺术事业的艺术家所必须付出的代价。这个代价如此高昂,以至于只有很少的从事艺术的人才会愿意付出这样的牺牲。古往今来,多少伟大的艺术家,多少高贵而敏感的艺术的灵魂,自己挣扎在无边的黑暗之中,却以艺术的光芒照亮人类的夜空!这些伟大的不朽的灵魂,作为人类良知最忠实的代表,是全人类的珍贵财富。但遗憾的是,他们非但得不到时代的垂青和眷顾,反而常常遭到同时代人们的遗弃和践踏!人类作为一个集体,常常是荒谬的,没有理性的,尘俗荫庇着庸俗的人们,而那些禀性卓绝行为出众的人,却在尘俗中被戕害、被厌弃。这是一种奇怪的逻辑,在艺术史上,我们可以发现很多这样的悲剧,这样的荒谬绝伦的逻辑:超凡卓越的艺术家生前被同时代的人所抛弃和敌视,人们用忌妒、误解和排挤来扼杀天才,然而在这些艺术家死后,人类却用双倍狂热的崇拜来祭奠这些生前遭到冷落以致鄙视的伟大灵魂!这种荒谬难道不值得人类做集体的反省吗?

然而，厄运却常常是孕育艺术的琼浆。那些真正的艺术家，正是以他们遭受的悲惨的命运作养料，才培育出灿烂的艺术之花。尽管生存于这个世界对于他们如同地狱一样的煎熬，但是他们仍旧以无比的隐忍抗拒着命运，用内心的信念不断地鼓舞自己，用梦想来支撑自己前行的步伐。凡·高，可能是艺术史上命运最为悲惨的艺术家之一：贫困潦倒的生活，疾病的困扰，爱情的折磨与打击，艺术上不被承认的苦恼，所有这些，足以使得一颗充满激情的向上的心灵感到绝望和无助。读这些于艰辛困顿之中写就的文字，我们仿佛看到那颗挣扎的心灵，仿佛倾听到他内心沉痛绝望的呼喊。当许多人在艺术的道路上"冷静地、理智地、合乎逻辑地、恰当地绝望了"的时候，凡·高却以一种斩截的坚决的姿态鼓舞自己："我相信一个人总有一天会成功的。即使到处受挫，也不应当产生绝望，即使有时候他会感到精疲力竭，而且事物的发展又常常出人意料，这时，他也必须重新鼓起勇气，振作精神。伟大的事业并非一蹴而就，而是由许多平凡的小事积蓄而成的。伟大的事业不是靠侥幸取得，而必须有坚强的意志才能成就。"这些充满信心的话从凡·高的口里说出来，其中所包含的内心争斗可想而知。热烈地梦想着，虔敬地期待着，以一种宗教般疯狂的情绪劳作着，然后是长久的艰辛的折磨，艺术探求之路上无数的彷徨和苦楚，在自己的艺术被世界漠视之时袭来的无边的沮丧与迷茫……梦想着，又破灭着，然后再梦想，再破灭。有时，当我读到凡·高那些以高昂的情绪写就的鼓励自己的话时，竟是一种异样的心情，充满苦涩、怜悯以及对于这个世界的嘲讽，仿佛在看一幕悲剧。

"谁在爱，谁就在活着；谁活着，谁就要工作；谁工作，谁就有面包。"可是长期的狂热的工作并没有换来面包，可怜的凡·高，直到临死，还没有从自己的作品中看到被世界垂青的希望，他一生被贫困所折磨，贫困不但损伤了他的健康，也摧毁了他的充满尊严的生存，即使向深爱自己的胞弟索要，也不免感到一种巨大的屈辱和压抑。屈辱，是的，是一种寄人篱下的屈辱，即使这个人是深爱自己的弟弟。凡·高在绘画道路上跋涉的岁月里，一直受到他的亲爱的弟弟提奥的慷慨接济，提奥不但是他物质生活的提供者，还是他的哲学的唯一倾听者、他的艺术的唯一知音。但是凡·高最终却不能承受永远伸手乞求接济而丝毫不能回报提奥所带来的痛楚与压抑。这种缘于良心和情感上的压抑与痛苦，连同对自己的疾病的焦虑和恐惧，最终将凡·高逼向生命的边缘。

悲剧的命运造就了一个艺术上的巨人,这个巨人却没有看到自己的荣耀与辉煌。然而就是在这些不断的痛苦的折磨中,凡·高以特有的敏感虔敬的心灵感受这个世界,感受大自然以及尘世中寄居的人类;崎岖悲惨的命运赋予凡·高以深刻的眼光、质朴的心灵和深厚的人民性,使得他的绘画里充溢着心灵的感悟和深沉的人类之爱。"当我们在干一件困难的工作、为追求美好的东西而奋斗时,我们就是在为正义作战,其直接的报偿就是我们与许多邪恶分手了。我们在生活中前进,生活也会变得越来越困难。但是,在与困难所作的斗争中,内心深处的力量也得到了发挥。"是的,正是厄运开启了他生命深处的力量,使得他以无比的勇气和忍耐,向内心的怯懦和犹疑挑战,向传统的艺术观念挑战,向尘俗之中的庸俗规则挑战,最终引领自己的心灵世界和艺术走向了一个辉煌的顶峰,开创了一个属于凡·高的艺术时代。凡·高成为近代艺术史上一个闪光的名字,这不但因为他传奇的人生和悲剧式的命运,更因为他所创造的伟大的绘画,在他所描绘的光辉灿烂的向日葵和鸢尾花中,闪耀着一个艺术的革新时代。

"生活对于我来说是一次艰难的航行,但是我又怎么知道潮水会不断上涨,及至没到嘴唇,甚至会涨得更高呢?

但我将奋斗，我将生活得有价值，我将努力战胜并赢得生活。"我从这些话里汲取了无穷的力量，就像我从贝多芬的箴言"我将扼住命运的咽喉"里所汲取到的一样。

三、"感谢上帝，我在爱着"

艺术家需要爱情，也许更甚于我们这些平常的人吧。可是我们所常见的艺术家的爱情，大多带着罗曼蒂克的情调，爱情成为艺术家的调味品，成为他们调色板中的油彩，没有爱情这种特殊的油彩掺入，艺术家的创作似乎就会陷入枯滞停顿，而他们的不竭的灵感似乎也将干涸殆尽。有多少放浪形骸的艺术家，在他们的情感世界中，爱情沦落为一种欲望的宣泄，沦落成与游戏和娱乐一样的活动。那似乎纯然是属于艺术家的特殊权利，一种风雅的、轻率的，可以视爱情为游乐、视尘俗的道德规则为虚无的权利。这些艺术家的浪漫行径，早已为大众所接受和认同，甚至有时候，艺术家这些放浪形骸风花雪月的逸事会成为街谈巷议的传奇故事，流传久远，生动传神，这些风流韵事不但无损于艺术家的名誉，反而会给这些艺术家笼罩上一种浪漫神秘的色彩。也许是因为，这些不受陈规陋习约束、不被道德信条羁绊的艺术家，在他们的放浪形骸中实现了普通大众某些隐而不宣的愿望，从而使人们津津乐道。但是在凡·高的身上，我们看不到一点这样的风流艺术家的影子。当同时代的著名画家劳特累克以惊世骇俗的姿态栖居于巴黎红磨房的声色场所的时候，凡·高却在经历着最为古典的爱情悲剧的洗礼，他以最为热忱虔诚的心灵投入爱情的洪流中，却一次次遭受挫折与打击。这个伟大的纯洁的心灵，仿佛天生就注定要受着爱情这种"特殊病症"的折磨，他以宗教徒一样的心怀梦想着坚贞纯粹的爱情，他对爱情至死都秉持着神圣的观念。而正是这种不可动摇的神圣的爱情理念，在引领他领略情感的奥秘的同时，也一次次地将他推进万劫不复的深渊，并最终毁灭和销蚀了他的全部激情与梦想。

　　凡·高对妇女怀有一种极为古典的神圣的观念，这大概缘于他的基督徒的家世。但是，作为一个艺术家，作为一个以心灵修炼为事业的艺术家，凡·高对妇女的欣赏和同情更带有一种审美的色彩。在他看来，女人的美感正是这个世界值得留恋和敬重的重要依据。"任何妇女都不会苍老"，当凡·高引用《福音书》上的这句话时，他的意思是说，并不是没有年老的妇女，而是只要一个女子在爱和被人所爱，她就不会苍老。凡·高的爱情，带着浓重的中世纪的神圣感，也带着文艺复兴以来艺术家内心的一种梦幻般的温情，前者使他永远没有亵渎和把玩爱情的心态，使他永远对女性怀着神圣的仰望情绪；而后者，又使他的爱情里面混杂了理想主义的浪漫气息，那种执着的坚守，那种不顾一切流俗的一意孤行，使人感动，也使人喟叹。在后现代主义爱情观念盛行的今天，凡·高的举动，那种视爱情为无上神圣不可亵渎的古典理念，真仿佛空谷绝响。那种宝贵的情感在当代成为一种罕见的品质，比情人们赠送的钻石还要稀有。

当凡·高对表姐凯表白他的真挚情感时，凯的"不，永远不，永远不"的回答似乎开启了凡·高一生爱情悲剧的帷幕。尽管凡·高坚信自己的执着爱情最终能融化凯的心灵，相信自己的炽热的心最终可以融化"不，永远不，永远不"这块寒气逼人的冰块，但是这种执着最终也没有挽救这场一厢情愿的爱情。"爱她直到永远，最终她会爱我""我爱你如同爱我自己"，凡·高最初的爱情悲剧为他的一生蒙上了阴影，这个巨大的阴影甚至影响了他绘画的格调。即使如此，凡·高还是没有放弃自己对于爱情的固有观念，对他而言，追求爱情不但是个人内心臻至成熟的必要途径，而且是体验和实现上帝之爱的途径。在这里，女性不光成为一种欣赏和审美的对象，而且成为信仰的对象，成为他信仰的实现者与见证者。他以感激的情绪面对自己情感上的失落与挫折："一个人爱就因为他爱。我们要保持清醒的头脑，别让心灵蒙上阴影，也不要隐藏自己的感情，不要让火和光熄灭，而只会说：感谢上帝，我在爱着。"尽管在写给提奥的信里，凡·高一再地以坚强的话语鼓舞自己，但是不可否认（连他自己也在以后承认），这种经历给他带来了长久的精神创伤和屈辱。在很多书信中，他以抑郁的笔调提及这段情感创痛，令人眼湿。"在我年纪尚幼的时候，我曾一边幻想自己在爱，一边实际在爱，结果招致许多年的屈辱。但愿这屈辱没有白受！""那次体验留下了一个深深的创伤，伤口虽已经愈合，但永远使人觉得一碰就疼。"

"爱情像自然界一样，会有凋谢和发芽的时候，但不会完全死亡。大海潮涨潮落，但依然是海。""一个人在获得爱情以前和获得爱情以后的差别，恰似一盏未点燃的灯和一盏正在燃烧的灯的差别。"凡·高自己就仿佛是一盏被爱情燃烧着的灯。它可能暂时熄灭了。对于凯的爱，在凡·高的内心死灭了。一种无限的空虚袭击他的心灵，他甚至怀疑上帝："我的上帝，我的上帝，你为什么抛弃了我？"但他对爱情没有完全绝望。他渴望以一种彻底不同的方式"重新去爱"。他开始觉得，一种"没有爱的生活，是充满罪孽的、不道德的生活"，他甚至追悔以往那种由于受着神秘的神学观念束缚而过的离群索居的生活，渴望于黎明时分，在曙光中看到自己的伙伴，感受这个尘世的温柔与友好。这一次，他又以更加惊世骇俗的举动爱上了一个弃妇，一个已经怀孕的弃妇。我们可以想象凡·高在做这样的决定时所经受的内心搏斗以及他必将为此遭受的巨大压力。从爱凯这样一个孤傲的天使，到爱一个沦为娼妇的被抛弃的女人，凡·高在爱情上的举动有些令人惊诧，但是假如深入他的精神世界，探寻其宗教根源，我们或许会找到答案。对于有着浓厚宗教情怀的凡·高来说，不管自我的处境多么艰辛困顿，他灵魂里的那种悲天悯人的情怀，那种意欲拯救一切陷于苦难的人的崇高愿望，却无时无刻不在他的内心涌动。对弱者的同情与怜悯，成为他将爱投注到这个可怜的弃妇身上的最初动因，但却绝不是全部。他渴望以自己的力量拯救这个已经堕落并被践踏的女人，渴望改变这个女人的悲惨命运，用凡·高的话来说，尽管"她不能夺回她生命中的春天——那已经一去不返，那不过是一片沙漠",但是他希望以自己的爱情唤起她内心的爱,使她焕发新的青春,如同"一层新绿覆盖住经受风吹雨打的老叶"。这是凡·高另一种版本的理想主义。

这个平凡的女人给了凡·高一段短暂而宝贵的幸福时光。这是凡·高一生中极为罕见的欢愉和安详的篇章,字里行间透露着舒畅的情绪和对于尘世的爱恋。新的画室、生气勃勃的新家庭、婴儿用的摇篮和高脚椅,充满着生活的气息,这种陌生但亲切的氛围感动着被孤独长久折磨的艺术家,使惯于寂寞的凡·高感激不已、活力四射,内心充溢着对凡俗生活的赞美。他已经那么久地渴望着一个家庭,一个可以使他漂泊狂躁的心得到休憩的港湾。"没有妻子,没有孩子。我不知道你是否曾有过那种感觉,那种感觉迫使人在孤独的时候发出呻吟和叹息:上帝啊,我的妻子在哪儿?上帝啊,我的孩子在哪儿?孤独地生活值得吗?"他觉得,人不应该孤独,而应该与他的妻子儿女在一起生活,这是上帝的神圣的意志。现在他有了一个可以称为家的地方,安适,简单,一个女人爱他,他也爱这个女人,他们的生命紧密地结合在一起,彼此用温柔的手抚慰着对方心灵上的创伤。"这是一种发自内心的深沉的感情,这种感情是严肃的,它笼罩在西恩和我过去的那种暗淡生活的阴影中,好像某种魔鬼在威胁我们,我们毕生要与之抗争。与此同时,在想到她时,我又感到内心极其平静,体验到光明和快乐,感到我面前有一条笔直的大道。"爱情使这个形容憔悴的弃妇焕发了美,也激发了艺术家无尽的灵感,使画家的画笔恢复了诗意与温情。这是凡·高一生中最为灿烂的华彩乐章。他充满柔情地引用米什莱的名言:"妻子是神圣的。"

四、"我不孤独,因为上帝与我同在"

正如痛苦在不经意间成为滋养伟大艺术的养料,孤独也一样成为艺术家最忠实的伴侣,喧嚣诞生不了艺术,只有在寂寞的荫翳下,内心没有任何依傍,完全处于一种孤立无援的状态——这时,尘世距离我们有万里之遥,内心却无比丰盛,仿佛斟满琼浆的酒杯。有句广为流传的话,"只有上帝和野兽才喜欢孤独",实际上,孤独并不存在喜欢与不喜欢的问题,孤独是一种来自内心的渴望,甚至这种渴望都不是我们能够控制的,它是一种外在。从这个意义上来说,孤独是一种不可抗拒和选择的宿命。孤独绝不是离群索居,绝不是远离尘世,更不是拒斥尘世。那些视尘世为禁忌、在尘世中感到枯索沉闷的人,那些厌倦尘世和逃避尘世的人,却恰恰不能理解孤独的宝贵意义。对于艺术家而言,孤独并不是他们刻意寻求的生存体验,也不是他们故意制造的一种情境,他们往往处于一种极端尴尬和矛盾的状态中:他们在孤独的自省中丰富着内心灵感,挖掘着最隐秘的灵魂世界;同时,他们又往往经受着孤独的煎熬,这种挥之不去的情感增加了他们与这个世界的紧张与对峙。

凡·高恐怕是人类中最孤独的灵魂之一。他在这个世界上孑然一身。当我们看到凡·高所画的自画像,那种游离于尘世之外、以冷峻的眼光打量世界的姿态,不能不使我们的内心震颤。没有人会在那张被严峻而艰苦的生活以及长期的孤独所扭曲的脸庞前无动于衷,那张脸庞上满是生命深刻而粗糙的印记,被硬硬地镌刻着,似乎每一道划痕和褶皱都透露出艺术家内心的孤寂和抗争。但是凡·高的孤独绝不是弱者的孤独,在凡·高的孤独里,有一种强烈的宗教家的气息,一种虔诚的清教徒的气息,因此他的孤独不是寂寞和空虚,而是一种充溢着宗教情绪的内心状态。从这个意义上来说,凡·高更是一个牧师,一个对自己的信仰异常坚定的信徒。当他说"我不孤独,因为上帝与我同在"的时候,他是在说,他虽然孤独地生存于这个世界,但是他的内心因为信仰而变得丰盈扩展,信仰成为支撑他生存的手杖。正如凡·高所自白的:"每天都有每天的罪恶,每天都有每天的善行,事实确实如此。如果不靠信仰来加强生存能力和使生存无痛苦可言,那么生存一定会变得无比困难。"

在凡·高决定以绘画作为向上帝和人类奉献的方式之前,他认为自己毕生的使命是作为一名传播福音的牧师,并为这个理想作着艰苦的奋斗。他从他的家族那里遗传了这种宗教徒的气质,而其狂热和持久有过之而无不及。在给一个牧师的信中,凡·高说:"我从内心热爱传教以及与之有关的所有工作。我常把这种感情埋藏在心间,但一次又一次地它被激发起来。如果让我说这是一种什么样的爱,尽管我无法完整透彻地表述,但我知道那就是'对上帝和对人类的爱'。"尽管凡·高最终并没有实现做一名宣传福音的牧师的愿望,但是他一生都完好地保存了自己虔敬的气质,那是一种对上帝的敬畏,对造物主所创造的大自然的热爱,以及对卑微的人类所怀有的悲悯情怀。他的绘画,弥漫着一种我们可称之为终极关怀的东西,一种浓郁的宗教意味。尽管我们在凡·高的作品里几乎看不到任何宗教的形象,但从那些花朵和太阳中,从夜晚的星光与阳光下的麦浪中,从他所用心描绘的平凡而勤苦的劳动者的面孔里,我们可以强烈地感受那种宗教情怀在他的精神世界里烙下的深刻印痕。那里充满着一种爱:深沉,博大,又隐藏着深刻的忧伤。

而凡·高全部生活的渴望也来自这种宗教情感的浸润,当自己尚处于困顿无名的时候,他却以上帝一样的宽大而怜悯的胸怀渴望拯救那些处境悲惨恶劣的人们;有时候,那种狂热的试图拯救和关怀他人的强烈愿望,那种贯注在劳苦人民身上的无限同情,那种宁可牺牲自己也要救助处于悲惨境地的妇孺的冲动,令人在感动的同时充满了悲凉。因而凡·高的艺术的伟大,不单源于其绘画技术上对于色彩和形式的革命性的创造,更在他伟大的人格,这种人格因其罕见而显得格外珍贵。他以这样的大爱生存在世间,尽管被视为行为乖僻,尽管被世俗所鄙弃嘲弄,尽管在这个世界上显得如此孤立无援,凡·高仍然以这样的信仰鼓励自己继续活下去,继续对人类充满信任和希望。"爱朋友,爱妻子,爱某件东西,爱你所喜欢的一切;但是人们必须怀着崇高的严肃的出自内心的同情感,带着力量,带着智慧去爱；人们必须始终不渝地去认识得更深、更好、更多——关于通向上帝之路，关于引导你获得永不动摇的信仰。"在凡·高的绘画和文字中，我们看不到幽默和调侃，看不到游戏与娱乐，轻浮浅薄的东西远离了他，这使他的艺术在境界上超群脱俗、不同凡响。那里充满了严肃和沉重的情调，犹如一阕宏伟、深沉、肃穆的贡献给上帝和人类的交响乐章。

五、"不信仰太阳的人就是背叛上帝"

当无数的艺术家聚集在巴黎这个喧嚣躁动光怪陆离的世界里吸吮灵感的时候，凡·高一个人来到法国的南方，来到这个到处可以闻到浓郁的太阳味道的地方。巴黎灯红酒绿的红磨房抚慰了劳特累克因肉体的残疾而孤独扭曲的脆弱心灵，但红磨房里的嘈杂与放纵是凡·高所难以承受的；塔希提岛上远离文明世界的怪异粗朴而神秘的文化吸引着渴望回归原始的高更的心灵，可是对于凡·高来说，他不需要追寻那些神秘怪异的事物，也不需要以怪异的植物、肤色和宗教想象来点缀他的画面。与劳特累克不同的是，凡·高更渴望宁静与内心的安详,他更愿意在满树黄叶的高大栗树和澄碧湛蓝的天空下呼吸,跋涉在长满毛榉树的乡间路上,听云雀在长着玉米苗的黑色田野里歌唱,他对大自然永远保有深沉的热爱与深刻的理解。与高更不同的是,凡·高更喜欢普通的劳动者,更渴望"像劳动者那样地生活",在他的画面里,我们看到那些在昏暗灯光下吃土豆的人们,看到矿工们虔诚的信仰和悲惨的生活,那播种的人走在夕阳的温柔余光之中,淳朴的农夫和农妇于辛苦的垦作之后躺倒在麦堆之上坠入甜美的梦乡。这些平凡的事物在凡·高的绘画中体现了全新的意义,大自然的奥秘,人类的幸福与苦难,就借着这些熟悉的画面传达出来,显示出艺术本身的力量,而归根结底,这是凡·高的信仰的力量。

全身心沉浸在大自然里,用他的智慧通过绘画作品来表达思想感情,使其他人理解他的感情,这是画家的责任。在我看来,为金钱作画不是正路。真正的画家绝不这样做,由于他们真诚地对待艺术和大自然,他们迟早会赢得同情。的确,凡·高终其一生都坚持着这样的信念,在大自然面前保持着谦卑的姿态,倾听着大自然温柔广大的声音。大自然不但体现了造物主的力量,不但显示着一种超乎自身的信仰,它还影射着艺术家的心灵,而当艺术家将自己的灵魂与自然的事物融合为一的时候,大自然就成为他心灵的代言人。在这方面,凡·高有着深刻的见解,这是同时代的任何艺术家都难以与之比肩的境界。"艺术,就是人被加到自然里去,这自然是他释放出来的:这现实,这真理,却具备着艺术家在那里面表达出来的意义,即使他画的是瓦片、矿石、冰块或一个桥拱。那宝贵的呈现出光明来的珍珠,即人的心灵。我在全部自然中,例如在树木中,见到表情,甚至见到心灵。我试图将放到人像里的感觉同样放进风景里去。"因此在凡·高那里,向日葵不单单是一种植物,在那灿烂的古铜色的金黄色调中,凡·高表达了自己心灵的激情,那种几乎要迸发出来的生存的渴望,和一种狂热地挣扎着的内心状态。而鸢尾花上闪烁的靛蓝和微紫的色调却显示了凡·高心灵的另一面——清高,温柔,浪漫,脆弱,如同这个周身散发着芬芳的植物。秋季收获时节的景象,金黄色的明丽光斑闪动在画面中;春季开花的果园里,那种朦胧欲醉的乳白色花朵的合奏,使我们感受到艺术家内心深处对造物主的感激,感受到那种仿佛沐浴在上帝之爱中的温暖和陶醉;那神秘的星夜,星光摇曳卷曲,想象缠绕滚动,瑰奇的色彩和躁动的画面,让我们仿佛触摸到凡·高内心深处的焦灼不安,那种寂寞和狂热扭结的状态。从这里我们可以感悟到凡·高的画之所以感动我们的根源,因为在这些绘画里,我们看到了他心灵中的痛苦与渴望,看到了一种属于上帝的永恒的主题、永恒的爱和永恒的力量。

劳动者是凡·高画作中最感人肺腑的主题之一。在凡·高所崇尚的艺术家之中,米勒也许是他最频繁地提到的一个名字,他从米勒的绘画和艺术哲学中汲取了大量有益的东西。米勒对农民的爱,米勒画面中那种宁静肃穆的宗教情绪,那里面弥漫的田园诗般的诗意情调,滋养了凡·高的心灵和画笔。所不同的是,米勒的画面安详恬静,昏暗的天色,广大的沉默的原野,一望无际的被收割的麦子,还有夕阳的背景中站在土地上虔诚祷告的农民,米勒通过这些形象传达了对于泥土和农民的赞美;然而凡·高却以他躁动不安的笔触和充满阳光味道的画面向我们揭示了乡村生活的另一面,揭示了农民内心世界的奥秘,他们的信仰、卑微而质朴的生存、植根于大地的归宿感。"像劳动者那样活着",这是凡·高内心的渴望,他像注视自己的兄弟一样注视着这些以诚实的劳作度过一生的人们,忠诚地与他们共同生活,赞美和颂扬他们身上洋溢的真实而有尊严的生存姿态。"画农民、捡破烂的人和各式各样的劳动者看起来比画什么都简单，但是，任何绘画题材都没有这些普通人物这么难画！"的确，农民的衣褶和装饰比起那些贵族来要简洁得多，宽广的麦田和简朴的农舍也比不了那些富丽堂皇的高贵之家，可是，在凡·高所描绘的简朴笨拙的吃土豆的人和播种的人身上，却有一种感人至深的艺术力量。他鄙弃在画室中仅仅凭借想象和模特作画的艺术家，他更愿意现场式的作画，在麦田里，在高大的树下，在强烈的灼热的太阳光中，他灵感不绝。就像人们赞美米勒的画时说的，"他是在用播种的泥土的色彩来作画"，凡·高是在用阳光的色彩来作画，阳光的颜色成为凡·高绘画中的主色调。凡·高说自己有一种"色彩的狂热"，认为"画面里的色彩就是生活里的热情"。"我在一个几乎燃烧着的自然里，在那里面是陈旧的黄金、紫铜、黄铜，带着天空的蔚蓝。"置身于大自然和劳动者之中，凡·高以无比的激情投入色彩和线条中去，狂热地虔诚地创作使凡·高最终成为描绘自然和劳动人民的圣手。

在一封信中，凡·高提到托尔斯泰的《我的信仰》："他似乎不相信什么肉体和灵魂的复活。他相信生命的延续，人类的进步——人类和人类的事业几乎必然地一代一代继续下去。他本人是个贵族，但他变成了一个劳动者。他能制作靴子和炒菜锅，他能扶犁耕地。我虽然不会做这些事，但我尊重有足够能力将自己改造成为新人的人。"凡·高的贫困生活和悲惨命运使他得以亲近那些朴实无华的心灵，他很早就意识到"必须脱离我所属的那个阶级，而那个阶级在很久以前就将我抛弃了"。他按照自己的信仰选择了自己的生活："作为一个劳动者，我像一个劳动者那样地生活。我在劳动者阶层中感到安逸自得。"这种有着深刻自觉的人民性，是凡·高思想中最为引人注目的特征，它包含着许多艺术家所难以达到的精神与人格境界。"我愈想愈觉得，没有什么东西比热爱人民，更具有艺术性了。"凡·高的这句话，标志着画家的一种最后的感悟，标志着他的爱的艺术哲学的顶峰。

六、源于泥土，归于泥土

我在七年前所得的《凡·高书信选》的扉页上，曾经写了"在绝望中奋斗"几个字，这几个字，是凡·高一生的写照。他的脸上，带着"时刻在希望、在追求的忧郁，那种虽因事业的停滞和遭受苦难而产生失望，但仍然孜孜求索的忧郁"，为了完善自己的道德人格和绘画艺术，他经历了常人无法忍受的艰苦和折磨、屈辱与绝望。他最终成为一个在艺术史乃至人类历史上举足轻重的人物，他在绘画、艺术哲学和道德哲学上的卓越成就，已经被历史所铭记，但是，画家已经无缘再品尝他的成功所带来的荣誉。艰辛卓绝的工作并没有给他带来面包、爱情和安宁的生活，而现在，即使是他一件最不经意的素描，都成为世界画商们竞相追逐的稀世珍宝。人类是荒谬的，历史是富有讽刺意味的。凡·高最终不能承受生存的重压，自戕于麦田之中，倒在他钟爱的泥土之上。

> 任凭忧患像洪水滚滚而来，
> 痛苦像雷雨般倾泻，
> 我只求平安回到我的家宅，
> 我的上帝，我的天堂，我的万有世界。

我们无从知道凡·高在倒向麦田的一刹那想到了什么。凡·高曾这样评价画家塞雷："这种人是奇才，一生历经艰辛，终于创作出哀婉动人的大作，就像一株黑山楂树，或者更像一株树干扭曲的老苹果树，终于在某个时候开出了世上最娇美、最纯洁的花朵。"凡·高仿佛预感到自己的命运,就像他在《麦田里的乌鸦》中所描绘的:以粗糙狂乱的笔触画出的麦浪痉挛着,天空翻卷着令人不安的阴霾,那些不祥的乌黑的大鸟盘桓在麦田和天空之间。这个麦田的守望者,忠实而虔诚的守望者,这个人类中最值得珍惜、最纯洁、最朴厚的一个兄弟,却被我们这样丢弃了。

啊,绝不要以为故去的人永远逝去,
只要人类永在,
故去的人永远活着,永远活着。

这仿佛是凡·高献给自己的最后的挽歌。

2001年秋终稿于北大蜗庐

"在无垠的大地的庄严的静寂之中"
——俄罗斯艺术随想

一、俄罗斯格调

广袤无垠的土地、浓郁的森林的轮廓、莽莽的单调的雪原、西伯利亚苍凉的湿地与坚硬的冻土、夕阳之中色彩凝重而压抑的教堂的尖顶……这一切似乎构成了我心目中俄罗斯风景的主要格调：冷峻而炽热，凝重而浪漫，肃穆而激烈，多种似乎矛盾的词语和谐地集结于俄罗斯这个民族之上。俄罗斯，在我的感官世界中，永远是一个诗意的、神秘的名字，带着浓厚的宗教上的情感意味。什么是宗教？宗教就是那种难以用理性来描述的东西，超越了语言疆域的东西，就是那种只能以心灵来感悟的东西。19世纪俄罗斯著名诗人丘特切夫(1803—1873)说过:"用理性不能了解俄罗斯,用一般的标准无法衡量它,在它那里存在的是特殊的东西。在俄罗斯,只有信仰是可能的。"那种叫作"俄罗斯精神""俄罗斯情感",或者"俄罗斯格调"的东西到底是什么样子?

中国人,特别是20世纪70年代之前出生的中国人,对于俄罗斯有着特殊的情感,那种发自内心的对于俄罗斯这个辉煌国度的向往和迷醉,曾经浸透几代人的灵魂,这种弥漫着浓厚理想气息的"俄罗斯情结",代表着中国整整一个时代的宗教与狂想。这是某种特殊制度环境下偶然出现的一种思潮?还是因为中国人和俄罗斯人在精神气质上或许本来就有着一种内在的神秘的契合与亲近?为什么我们会在列维坦和列宾的绘画、柴可夫斯基的音乐、普希金和叶赛宁的诗歌中获得那么多心灵的共鸣,就像在漫长的寂寞旅途中遇到自己精神上的兄弟?

作为一个中国文化浸润下的心灵,对于俄罗斯的这种亲近,或者说俄罗斯情调对于我们强大的吸引,并不是偶然的。俄罗斯在地理上与亚欧两个大洲毗邻的事实,似乎使俄罗斯注定成为东西方文化撞击与交融的所在,从这个意义上来说,俄罗斯文化就不会是一个单一的色调,而成为东方和西方共同孕育的"混血儿"。俄罗斯著名的思想家别尔嘉耶夫说:"俄罗斯精神所具有的矛盾性和复杂性可能与下列情况有关,即东方与西方两股世界历史之流在俄罗斯发生碰撞,俄罗斯处在二者的相互作用之中。俄罗斯不是纯粹的欧洲民族,也不是纯粹的亚洲民族。俄罗斯是世界的完整部分,巨大的东方—西方,它将两个世界结合在一起。在俄罗斯精神里,东方与西方两种因素永远在相互角力。"

20世纪70年代出生的人对于俄罗斯的印象是淡漠的、遥远的,在他们对这个世界有了一定判断力和选择能力的年龄,俄罗斯作为一个民族的鼎盛时代似乎已经过去,欧美文化却以铺天盖地摧枯拉朽的气势占据了这一代青年的心灵堡垒。俄罗斯的文化,她的诗歌,她的音乐,她的绘画,逐渐地淡出了青年的视野,这一代人有着与俄罗斯情调迥乎不同的精神图腾,他们所狂热膜拜的是好莱坞情调的经典影片、麦克尔·杰克逊式的表演、美国现代派的放浪形骸的绘画艺术以及麦当劳所象征的整个快餐文化。

然而俄罗斯的魅力仍旧是不可抗拒的。对于那些曾经受过俄罗斯文化熏陶和洗礼的艺术家而言,俄罗斯艺术永远是他们心灵上的故乡,他们的诗歌意义上的母亲,他们的艺术语言的源头。我很理解那种混杂着怀旧与依恋情感的寻根情绪，在这种情绪里面，俄罗斯不仅作为一个具体的文化实体和地理实体而存在，更是作为一种时代符号而存在，作为一种灵魂符号而存在，作为一种艺术信仰和诗歌图腾而存在。我可以想象艺术家在踏上俄罗斯土地的那一瞬间的心情，仿佛那些西藏或者麦加的朝圣者，在接近那个久已向往的圣地的时候，灵魂早已陶醉，早已飞升，早已近乎窒息了。在那里，即使是一个普通的灰暗的教堂，一片冰冻的荒凉的原野，一角简朴而谦卑的农舍或菜地，一面在安静的阴云笼罩下的湖水，都似乎印证着艺术家心灵世界的久远而新鲜的印象，他们在大自然里似乎看到了时间的流逝，回味着少年时代那种与俄罗斯气质息息相通的浪漫与忧郁的情怀。这既是一种艺术上的寻源，更是一种精神上的朝圣，一种心灵上的缅怀仪式。

二、庄严的静寂与田园诗的梦想

读本科的时候，我们经济系里有两个苏联来的留学生，男的叫罗斯托金，女的叫罗斯托金娜，是一对年纪比我们大好多的青年夫妇。他们身材高大,神情庄重肃穆,矜持而含蓄,我从来没有看到他们高声谈笑,更从未看到他们亲密的举止。他们总是沉默着,有些忧郁,有些孤独,但绝不是猥琐,也从不显出孤傲。不久,大约由于苏联的国内剧变,使得罗斯托金夫妇的奖学金受到影响,这对夫妇就要回国了。在那年的新年晚会上,罗斯托金和罗斯托金娜,这两个有些羞涩的俄罗斯青年,站在暗淡的灯光下,为我们用俄语演唱了那首不朽的俄罗斯歌曲《莫斯科郊外的晚上》。我将终生记得他们演唱时的情景!那种忧郁的低沉的声音,那种带着凄凉诗意的调子,到现在似乎还盘旋在我的耳畔。新年后,我就再也没有看到罗斯托金和他的妻子。

可是那种孤独的、忧郁的、肃穆的、庄重的、诗意的情调却永远烙刻在我的心里,凝固成我对于俄罗斯的一种永恒的印象。就像读勃留索夫的诗:

……做一个自由的、孤独的人,
在无垠的大地的庄严的静寂之中
走自己的自由的宽广的路,
没有未来,没有过去。
摘下罂粟样的瞬息即逝的花朵,

吸收像初恋一般的阳光，

倒下，死去，没入黑暗之中，

没有一次又一次复活的苦痛与欢乐……

勃留索夫的诗里浸透着一种只有俄罗斯才有的特殊气息。"在无垠的大地的庄严的静寂之中"，仅仅一行诗歌，就好像勾勒了整个俄罗斯的灵魂世界。俄罗斯的精神世界是磅礴的，那里的广阔的土地，似乎天然造就一种广大的而不是狭仄的境界，使得俄罗斯的艺术，不管是诗歌还是绘画，都显得那样气派恢宏、廓大辽远。在柴可夫斯基大气磅礴的交响乐里，在希施金描绘的苍莽幽深的森林里，在普希金气势宏大的史诗般的诗歌中，我们到处都感受得到这种"大"，地理空间上的"大"造就宏阔的视野，而精神空间上的"大"造就俄罗斯民族不受拘束的心灵世界，放旷、开张、辽远、恣肆，永远不受羁绊，不受束缚。别尔嘉耶夫说："俄罗斯土地的广袤无垠、辽阔广大与俄罗斯的精神是相适应的，自然的地理与精神的地理是相适应的。俄罗斯的平原是如此之大，俄罗斯人民很难把握如此广阔的空间并使其定型……"

俄罗斯的意象特征不仅是广大，她的另一个重要的意象特征是"凝重"。凝重使得俄罗斯民族永远与轻浮狂躁分隔开来,这是俄罗斯独特的民族性,不管在艺术作品中,还是在庸常的生活中,俄罗斯人的脸上,似乎永远洋溢着一种宗教般凝重肃穆的神情,那种厚重的历史感和宗教感,在其他民族身上是很难找到的。这种凝重肃穆的神情是俄罗斯充满痛苦的历史与东正教的宗教精神相融合的产物。在俄罗斯的绘画当中,尤其在诸如列维坦和希施金等那些风景画家的作品中,俄罗斯的意象总是那样凝重,仿佛一种巨大的沉郁的感情攫取了画家的心灵,使那些画面散发出一种沉重忧郁的气息。在列维坦的《深渊》和《在墓地上空》里,沉郁的森林,幽暗的湖水,阴沉的云朵,构成了他最有力的绘画语言,刻画了俄罗斯最经典的表情与气质。正是这种凝重的气质,使列维坦把自己与同是风景大师的柯罗区别开来,与凡·高区别开来。

中国人与俄罗斯文化发自天然的亲近,有些来自相似的地理特征,而有些则来自两个民族相似的历史经历,特别是近代史中相似的民族命运和历史轨迹。有人说,"俄罗斯民族的历史是世界上最痛苦的历史之一",异族的侵掠,王朝的更迭,统治者的压榨与专制,长时期的动乱、暴力与战争,频繁的剧烈的革命,知识界的多蹇命运和曲折遭遇……这一切与中国构成了有趣的映照。每当中国人翻检俄罗斯的历史，便会有一种似曾相识的感觉，一种精神上的认同，一种不需语言沟通便瞬间心领神会的共同情感。

中国人与俄罗斯人似乎都有着对乡村田园诗般的生活的执着迷恋，好像他们天生就是现代文明的抗拒者，是现代机械工业的批判者。他们依恋乡村，依恋他们散发着泥土气息的故土，那里有葱郁的菜园子，包裹着红头巾的淳朴健壮的农村妇女，有恬静的湖水和黛色的树林，有不修边幅的石桥与朴素的教堂和农舍。乡村里有马车，有曲折幽美的乡间路，有卑微而安静的草垛，有飘散在夜空里的迷茫的炊烟和云彩。

俄罗斯天才而短命的诗人叶赛宁在一篇自传里，以他特有的鲜明语言和惊人的坦率，这样描述美国之行的感受："我喜欢文明，但是我非常不喜欢美国。美国是一个臭水沟，在里边，完蛋的不仅是艺术，而且一般说来整个人类最美好的激情也一起丧失了。如果我们今天要走美国的路，那么我宁肯要我们的灰色的天空和我们的风景：零零星星长在大地上的小木屋和高高耸起的杆子，还有远远地迎风摆着尾巴的小小的瘦马。这里没有那些只是造就洛克菲勒和麦克米兰之流的摩天大楼，这里为我们养育了托尔斯泰、陀思妥耶夫斯基、普希金和莱蒙托夫。"叶赛宁声称自己是"乡村的最后一个诗人",他对乡村生活近乎偏执的坚守,与中国的古典诗歌精神是多么相近啊!中国人同俄罗斯人一样,对乡村生活有着宗教一样的迷恋,他们都无奈地抗拒着工业文明,执着地梦想着自己的田园诗般的生活。

如此,中国艺术家的俄罗斯之旅,绝不会是一种异域中的猎奇,而更像是远离故土之后的回归。中国人对俄罗斯的精神气质绝不陌生,相反,在俄罗斯的森林和道路上,在俄罗斯的乡村和教堂中,在俄罗斯的湖泊和河流里,中国的艺术家都必然地找到一种宝贵的契合,一种似曾相识的愉悦。那里的风景和风景里包含的表情,是中国人早就熟悉的,与其说是初来乍到,不如说是早就心心相印了。

"寻源",从本质而言,乃是寻内心之源,是回归精神上的乡土。

三、在伟大的风景前谦卑和陶醉

风景画,对于东方民族与欧美民族有着不同的意义。当欧洲的艺术家们还在沉醉地描绘着"人"自身,还沉浸在对"人"的"自美"中不能自拔的时候,中国的艺术家早就开始了对于自然的亲密的观察与鉴赏,风景早已作为独立的、不倚赖于"人"的题材出现在中国人的绘画当中,更不用说在诗歌中了。没有一个民族像中国人这样陶醉于自然,纵情于山水,没有一个民族的艺术家能够几千年来不知疲倦地描绘同一题材——山水。

中国人在山水画里几乎完全剔除了"人"。这是中国艺术精神中一个伟大而深刻的奥秘。关于欧洲人眼中的风景观念,著名诗人里尔克曾经说:"一切都是舞台,在人没有登台用他身体上快乐或悲哀的动作充实这场面的时候,它是空虚的。一切在等待人,人来到什么地方,一切就都退后,把空地让给他。"人是艺术以至于整个尘世的主宰者,他是主角,风景只不过是他活动的环境,一种有趣的装饰,就好像古希腊的宏伟神庙里那些高耸的陶立克立柱上可有可无的花边。

很少有艺术家像中国人那样陶醉于纯粹的"风景"或者是"山水"。"人"在中国的山水画中是渺小的,他居于这个广大的山水和自然之中,成为这个伟大自然的一部分,与周围的山峰、树林、湖水、茅舍以及飞鸟融合在一起,结成一种伟大的真诚的牢固友谊。他丝毫没有主宰这个伟大自然的意愿，他在整个山水面前是谦卑的，他沾染了山水朴素和天真的气质，他把自己置于这个比人类更为广大、更为永恒的自然之中，感到陶然，感到一种对于山水的巨大信赖和依靠。他像一个婴儿，熟睡在母亲宽广而温暖的怀抱之中，这时他觉得是安全的，恬美的，他忘记了自己，只记得母亲均匀的呼吸和温柔的拍打。

里尔克说："自然是较为恒久而伟大的，其中的一切运动更为宽广，一切静息也更为单纯而寂寞。那是人心中的一个渴望，用它崇高的材料来说自己，像是说一些同样的实体，于是毫无事迹发生的山水画就成立了……人沉潜在万物的伟大的静息中，他感到，它们的存在是怎样在规律中消隐，没有期待，没有急躁……那时一切矜夸都离开了他，而我们观看他，他要成为'物'。"

在中国的山水画里，那些淳朴的农夫、寂寞的隐士、在湖水中飘荡的渔夫或钓者，那些于春日的山水间逍遥的烂漫的牧童，那些在水溪或峻岭间悠闲徜徉的旅人，都以自己的运动和谐地应和着整个自然的运动。他把自己安放在那里，以如此自然和巧妙的方式：谦恭的，朴素的，自在的，他是万物中的一个，而不是万物的驾驭者；他与天地融合为一，而不是从这伟大的静寂中脱离出来的孤独的一个。

俄罗斯民族对于风景的敏感感悟在世界民族中是罕见的。帕乌斯托夫斯基曾经这样评价以擅长描写俄罗斯风景而著称的文学家普里希文：对像普里希文这样的大师——也就是能把秋天的每一片落叶写成长诗的大师——只活一生是不够的。他称普里希文是"温润的大地母亲的儿子""他周围世界的见证人"。我们欣赏一段普里希文的风景描写吧：

> 在一轮明亮的月亮下，夜消逝了，黎明前降了初霜。什么都是白色的，不过水洼没有封冻。等太阳一出来，就暖和了，于是树上和草上都覆盖了那么浓重的露，黑暗的森林里，罗汉松的树枝上缀满了那么灿烂的花彩，即使把全世界的金刚石拿来做这个装饰也不够。

多么诗意、多么朴实的风景啊，没有一个人可以在普里希文纯净优美的文字前无动于衷。

凡是读过屠格涅夫《猎人笔记》的读者无不叹赏书中对于俄罗斯景物的传神的描绘，尤其是最后一篇《树林和草原》，那简直是一部色彩斑斓的、洋溢着特有的俄罗斯气味的浪漫诗篇！你听他对于俄罗斯秋天的描绘：

在秋天，早晨严寒而白天微寒的晴朗的日子里，那时白桦树仿佛神话里的树木一般全部呈金黄色，优美地衬托在淡蓝色的天空中；那时低斜的太阳照在身上不再觉得热，可是比夏天的太阳更加光辉灿烂；小小的白杨树林全部光明透彻，仿佛它认为光秃秃地站着是愉快而轻松的；霜花还在山谷底上发白，清风徐徐吹动，追赶着卷曲的落叶；那时河里欢腾地奔流着蓝色的波浪，一起一伏地载送着逍遥自在的鹅和鸭；远处有一座半掩着柳树的磨坊轧轧地响着，鸽子在它上空迅速地盘旋着，在明亮的空气中斑斑驳驳地闪耀着……

读契诃夫的《草原》，读帕乌斯托夫斯基的自传体小说……我每每沉浸在对于俄罗斯风景的幻想之中。如果不熟悉文学和诗歌中的俄罗斯风景，如果不能从这些关于风景的诗篇和散文中获得对于俄罗斯风景的形而上的感悟和把握，一个画家就很难画出真正打动人心的俄罗斯风景。因为对于那些不能从思想上把握俄罗斯风景的人而言，这些风景始终是纯粹的"景物"，始终是外在的"客体"，始终是你眼睛所接触的、而不是心灵所亲近的"对象"。

而风景从不是单纯的外在的东西,风景里包含着丰富的情感和思想。风景里蕴含大量的丰富的隐喻,这些隐喻,是作者心灵的再现,是艺术家独特的修辞话语,是作者主体意识的体现。在那些优秀的俄罗斯风景画中,我们不但可以看到俄罗斯的景物,而且可以触摸到俄罗斯的心脏,仿佛那些静穆的景物直接成为人的灵魂的宗教。萨符拉索夫的《白嘴鸦归来》、列维坦的《从天而降的春潮》、希施金的《在平静的原野上》……都浸透了作者的情绪和心灵悸动。我们被那些春寒之中耸立的光秃秃的树木感动着,被蔚蓝色的湖水和蕴藏着生机的淡蓝色天空而感动,被淡黄色的夕阳和暮霭以及居于其中的高大橡树而感动,被地上坚硬的积雪和荒疏的树枝上归鸟雀跃所暗示的春意而感动……

那些在风景面前无动于衷的画家,永远也产生不了伟大的感动人的风景画。风景在他们那里是死的,是僵硬的、没有生命的。为什么俄罗斯的知识分子会在列维坦的《弗拉基米尔卡》画前流泪?因为在列维坦的风景里,跳动着整个俄罗斯的良心,浸透着整个俄罗斯民族的忧伤和理想。

帕乌斯托夫斯基在谈到艺术家和大自然的关系时说:

应该加入到自然中去，好像每一个，甚至最微弱的声音加入到音乐的共同的音响中去一样。

只有当我们把自己的人的感情移到对自然的感觉中去，只有当我们的精神状态，我们的爱，我们的欢乐或悲哀完全和自然相适应，不能把清晨的凉爽和可爱的目光分开，不能把匀整的森林的声音和对过去生活的冥想分开时，自然才对我们产生极大的影响。

风景描写不给散文添加分量，也不是装饰。应该沉浸在风景中，好像把脸埋在一堆给雨淋湿的树叶中，感觉到它们的无限的清凉、它们的芬芳、它们的气息一样。

简单说来——应该热爱大自然，而这种爱，和一切爱一样，能够找到正确的方法，来有力地表现自己。

四、山水：作为生命与信仰

俄罗斯的土地是质朴而迷人的，我很羡慕这些中国的艺术家，他们可以在那样一片神秘而蕴藏着丰富诗意的土地上写生，用他们的画笔来寻觅那些隐匿在自然中的人的灵魂，捕捉俄罗斯特有的虔诚、朴素、放旷、澄澈的情感。绘画真是一项幸福的事业！

尤其是当我想到，他们是在列维坦曾经走过的弗拉基米尔大道上徜徉过，曾经在陈列着库因芝和萨符拉索夫不朽画作的莫斯科特列奇亚科夫美术馆瞻仰过，曾经在普希金和叶赛宁所赞颂过的俄罗斯宁静的乡村流连过，我就抑制不住地想，他们是多么幸福啊。我真嫉妒他们。

在杨飞云先生及其同行者的画作中，我可以感受到画家对于俄罗斯精神的深刻理解与心灵上的契合感。这里展现的是经典的俄罗斯式的景物：天空中涌动的是厚重的云，有些微弱的乌云从画面的一角逐渐地逼进来，缓缓地覆盖着天空；天空下是色彩沉着的尖顶教堂，漆黑的顶部与橘黄色的身躯有趣地映照着；教堂的周围点缀着参差的茂密的树林，近处则流淌着小河，河水反射着斑斓的天光，那些闪烁的亮点仿佛使整个画面都荡漾起来了。一切景物似乎都暗示着俄罗斯气质中神秘的矛盾性：一边是信仰的庄严感和淡淡的忧郁神情，一边却是明亮直率的色调和澄澈通透的感觉。这些画面印证了我们对于俄罗斯气质的印象，那就是，俄罗斯的沉重绝不是那种繁复和累赘的沉重，而是一种明亮得近乎透明的沉重；俄罗斯的忧郁，也不是哈姆雷特式的忧郁，而是一种叶赛宁式的淳朴的忧郁，是一种清澈的天真的感伤。

俄罗斯乡村里那些朴实简陋的农舍，那些隐没于丛林中的小木屋，在画家笔下是如此动人，它们那样安详地隐藏在自然中，仿佛随着自然一起沉默地赓续了千万年，现在仍旧以那样悠然的节奏呼吸着。俄罗斯八月的阴雨笼罩下的静谧湖水，湖边那自得其乐的垂钓者，如同雕像一样镶嵌在有着忧郁色调的天空与树林下面，小船靠在岸边，透露出中国人的那种"野渡无人舟自横"的诗意。杨飞云和他的同伴们，把他们对于俄罗斯风景的领悟，对于俄罗斯文化的感悟，通过这些晨昏交替中的天光、秋色如染的树林和阴云下静寂的木屋传达给我们，使我们从那些即兴的笔触和灵动的色彩中感受到画家那一瞬间的激情与诗意。

我很赞赏杨飞云先生在画展前言中的一段关于写生的话，他说：

> 写生是历代画者采用的一种行之有效的锤炼方式。她使你处在不停地观察、理解、选择、把

握、捕捉和想象的主动状态中,要求你必须纯朴、直接地向她敞开。她使画家头脑清新、目光敏锐、心灵纯净,能将人带入物我两忘的美妙境界。写生提供了理性研究和尽兴抒发的极大空间,那种无限丰富的广阔视野让你激动而专注,使你身心健康且热爱生命。

这是画者在自然之中最真实的感受。只有在自然中,只有在与大自然中的树木和河流直接对话与沟通之中,画者的心灵才获得最大的舒展和解脱。画家仿佛在瞬间领悟了造物主的神圣的旨意,领悟到自然界神秘的秩序和节奏,这个时候,他忘却了自己的存在,他的心灵和呼吸,加入到大自然那个永恒的运动旋律之中,加入到那个更为广大、更为辽远的信仰里面。自然在他的眼里,不再是室内随意摆放的静物与石膏像,而是活生生的生命,是与画者合而为一的宇宙命运的一个部分。

与风景同时展开与升华的,是写生者自己的灵魂。在风景里面,他不但重新发现了造物的不可思议的艺术,也必将同时发现自己的内心世界。里尔克说:

人画山水时,并不意味着是"山水",而是他自己;山水成为人的情感的寄托,人的欢悦、素朴与虔诚的比喻。它成为艺术了。

这句话,似乎透露了风景画中所隐藏的全部奥妙。

2002年12月22日

温柔的狂想

——芝加哥美术馆素描

我此次由明尼苏达到俄亥俄州,中间经过威斯康星、伊利诺伊、印地安那和密歇根四州。因为是冬季,所以一路并没有什么引人注目的风景,不过对于美国北方的辽阔却很有感触。车子疾驰在平坦开阔的大地上,周围是大片枯黄的草地、树林或是丰美的农田,不时可以看到高高的芦苇丛,这种景象又让我想起当年行进在北大荒的感觉来了。中间在芝加哥小作停留,特地到芝加哥的中国城去吃中国菜。走在中国城的街道上,两边是写着中国字的招牌,来往行走的也是黄皮肤黑头发的华人,一时间你会感觉仿佛真的置身于一个中国的城市。中国城入口处是一个巨大的牌楼,上面是中山先生的"天下为公"四个大字。看到这四个字,我才确确实实地有一种来到中国城的感觉。我们光顾的那间中国餐厅叫"会宾楼",餐厅里挂着不少中国名人字画,其中有著名女书法家萧娴先生手书的王维诗《竹里馆》(独坐幽篁里),还有著名书法家刘炳森先生的隶书,欣赏着自己熟悉的中国艺术家的书画,颇感亲近。

芝加哥临着密歇根湖,此湖是美国五大湖中的第三大湖,很有烟波浩淼的气势。车子开在湖边,抬眼望去,湖面接天,一望无际,整个芝加哥市就仿佛是湖边的一个岛屿。芝加哥是个较为古旧的老城,但在密歇根路一带,高楼鳞次,很是壮观,显出一种大都市的气派。不过芝加哥总是给人一种"野猪林"的感觉,因为这里治安的混乱是全美有名的。芝加哥人似乎耐性很差,对人极不宽容,开车稍微不如他的意,就会遭到他高声鸣笛的警示,或是干脆伸出车窗胡乱来一声美国式的"国骂"。相比之下,明尼苏达真是民风淳厚,开车的人在路上都很礼让,从未有鸣笛的事,更听不见咒骂。可见大城市的人道德普遍堕落(一笑)。当我们到俄亥俄州的托雷多市的时候,已经是深夜。第二天起来,发现这里的天气却有些隐隐的春意了。有时空中飘着温和的雨,一切都变得很湿润柔和,树梢也长出了小小的苞,比明尼苏达那些还在酣睡的树至少要早醒半月的样子。

托雷多是一个小小的市镇，安静得很。我们曾经到临近的伊利湖去看，此湖虽然可以算是浩瀚，可是并没有什么风景可言，湖水也不清澈。我想起在青海湖边的情景，那辽阔广远的大湖给我深深的感动和震撼，也想起我们到内蒙古的达里诺尔湖的时候，夕阳下的大湖格外沉静深邃，水鸟盘桓，如在仙境。只有故国风景才会给我们以切身的感动，这是我的体会；虽然凡是好的风景都会令人心旷神怡，可是只有面对故国的风景，你才可以更深切地感受和体味它，才可以在内心深处以享受的心境鉴赏它，因为在风景里渗透了观看者对文化和历史的怀念与感悟。

此行感到最享受的地方是芝加哥美术馆。芝加哥美术馆可以算是世界闻名的艺术馆，其收藏极为丰富，尽管从外表看去，芝加哥美术馆并不轩昂，其样式古典而含蓄，只有门口两头巨狮颇有气势。我们来的时间很不凑巧，因为堪称百年一遇的印象派大型画展刚刚闭幕，没来得及赶上，据说此次画展几乎将世界各美术馆印象派经典作品搜求毕尽，所以我觉得有些遗憾。

不过芝加哥美术馆自身所藏印象派经典就极丰，已经足够使我目不暇接了。印象派和后期印象派代表人物的作品在芝加哥美术馆都有收藏，莫奈、雷诺阿、德加、马奈、修拉、塞尚、高更、凡·高、劳特累克等大师的不朽作品使得芝加哥美术馆身价不凡。除此之外，美术馆还收藏了米勒、伦伯朗、毕加索、莫迪利亚尼等巨匠的作品，不过没有印象派收藏的宏富罢了。能够徜徉在我所热爱和熟悉的印象派大师的巨作中间，近在咫尺地观赏那些令人陶醉的色彩与光影，那种温暖亲切的幸福感实在是难以言传。

刚进正中的展厅，迎面就是修拉巨幅的《大碗岛上的假日》，这是美术史上非常著名的一幅画，但是我没有想到这幅作品的画幅如此巨大，着实震撼了一下。整幅画面都是用非常细小的色点构成，这就是修拉所创的著名的点彩法，无数彩点点缀成光影闪烁的草地、树木、湖水、游人的衣裙和阳伞，在宁静里有一种流动的生气。尽管修拉的画作稍嫌呆板，但他对光与影的细致研究却深刻地启迪了后来的画家，凡·高就深受修拉点彩画法的影响。

印象派大师雷诺阿的作品也被放置在入口处最大的展览厅。刚进大厅，就看到他的著名作品《两姐妹》(*Two Sisters*, 1881)，姐姐头戴红色帽子，安闲优雅地坐在椅子上，妹妹则头戴缀满鲜花的帽子，乖巧地立在姐姐的身边，她们的身后，是杂花与峥嵘的树木，隐约闪光的湖水与游船以及房屋，都掩映在一片朦胧的光影里。这幅画画幅巨大，近一米见方,从近处看,笔触非常清晰,从那些凌乱的线条可以约略猜想到画家作画时的激情。雷诺阿要把握的是刹那间光影的流动,而不在意细节的真实与细腻,实际上,那些树木、杂花,画中人物头上的鲜花、手中挽着的装有五彩缤纷的毛线团的篮子,都是用似乎非常凌乱和随意的线条来表现的,可是这些凌乱的线条和色块放在一起的时候,却是那么和谐而不显冲突,色彩与光影是那样丰富而不显紊乱,可见艺术家驾驭色彩和线条的功力。古典艺术家们强调细节的真实与表面的细腻光滑,而印象派画家更注重作画者的主观心灵,注重瞬间的光与影的变幻,比古典作家更容易打动观看者的心灵。姐姐正处豆蔻年华,她的两只丰润的手柔和地搭在一起,藏青色的外套显得格外凝重,与她鲜艳的红色帽子适成鲜明对照,她侧着头望着前面,眼光不知是朦胧的憧憬还是淡淡的忧伤!那种少女的柔美伤感和诗意的温存叫人感动!

莫奈的画也被放在非常显著的位置,他的几幅著名的《麦垛》(*Stacks of Wheat*,1891 年前后)很是引人注目。他善于用画笔描绘最普通的事物,在毫无光华的事物上发现生命和色彩,赋予阳光和生机,从这个意义上来说,莫奈是最有诗人气质的画家,他即使画两个草垛也是那样诗意盎然，充满了对于尘世的深沉的赞美。《麦垛》系列有夏末的麦垛，阳光浓艳炽烈，远处的树木色彩深沉；有秋季的麦垛，阳光似乎清澈透明，麦垛显得那样沉静肃穆，仿佛在赞美这一季的收获；还有冬日的麦垛，积雪还未融化，阳光洒下清冷的光辉，整个世界在一种神圣的白色光芒中沉寂着。莫奈的几幅麦草垛，是这个美术馆最光辉四射的艺术品之一，可是不识艺术的庸人却喜欢嘈杂的动感画面，喜欢在画面里看到宏大的场景和动人的故事。在莫奈的艺术世界里，没有故事，没有惊心动魄的宏伟场景，他在最普通的、最易为人们所忽视的凡庸事物中发现美和伟大，发现造物的神圣。美国思想家爱默生说："我不奢求伟大的、遥远的、浪漫的事物……我要拥抱平凡，我要探索人所共知的平凡事物。"这句话可以为莫奈的作品作一注脚。

莫奈最伟大的画作是他的莲花。从这些莲花上，我们可以感受到莫奈身上所蕴含的饱满的诗意、浪漫的幻想的胸怀，以及雍容平静的东方韵味。他画了无数的池塘里的莲花，他在晚年，将居室四周挂满了他的巨幅莲花，有的甚至长达数米甚至十几米，堪称世上罕见的巨作。在他的巨幅莲花里，形象消失了，细腻的笔触消失了，色块与色块之间的界限消失了，池塘里闪烁着灵动的光点，那池水所蕴藏的色彩极为丰富繁杂，可是又那样单纯清澈，所有的丰富的色彩似乎都融合和消失于这伟大的单纯之中；而那些如同繁星一样的莲花与圆的莲叶，却好似这巨大乐章中一些跳跃的音符，浅黄、胭脂、粉红……诸般颜色点缀在池水里，杂而不乱，艳而不媚，再加上池中树木蜿蜒的倒影，更加显得诗意朦胧。芝加哥美术馆所藏的《莲花花园》（*Water Lily Garden*，1900）、《莲花》（*Water Lilies*，1906）、《鸢尾花》（*Iris*，1922—1926）均是莫奈画作中的精品。

我觉得莫奈是最具有中国韵味的油画家之一。这几幅画，你简直难以相信是用油彩来描绘的，从远处看，那几乎就是中国的水墨画，水汽淋漓，色彩流淌，用一句中国论画的古语来评论，就是"气韵生动"，西方油画家中能臻此境界的，恐怕除莫奈外没有几个人。尤其是最后一幅《鸢尾花》，整个画面你几乎辨不出任何形象，那种朦胧欲醉的汁绿色和淡的橙黄色铺展流淌在画面上，如同二月兰一样的靛蓝色的花朵散落和隐没在这浓郁的汁绿与橙黄之间，那种美真叫人说不出！那是一种要把人融化与迷醉的美！凡·高也有一幅绝妙的《鸢尾花》，色彩清丽淡雅，弥漫着浪漫气息，可是莫奈的这幅鸢尾花更有东方的诗意情调，更让人感动。这是莫奈在85岁左右，于生命的尽头完成的近乎绝笔之作,此时他完全抛弃了具象的模拟,而直接以色彩来描述心灵,在印象派艺术中臻至一种圆融自如的化境,就是孔子所说的"从心所欲不逾矩"的境界。

芝加哥美术馆所藏凡·高画作我看到了三幅,这些画幅不大的作品在这个美术馆中的价值是不言而喻的。凡·高的画在明尼苏达的明尼阿波利斯美术馆也有收藏,那是他的著名的《橄榄树》(*Olive Trees*,1889),是凡·高逝世前一年的作品。骚动不安的大地呈现出浓郁的橘黄,橄榄树扭曲的树枝、卷动的树叶、蜿蜒的阴影,构成一种不稳定的令人躁动的画面,画面上方的太阳所发出的炫目的光芒,全用粗大的笔触环绕描绘出来,令人不敢直视,处处弥漫着死亡的预感和生命力的最后迸发与涌流。

芝加哥美术馆里所藏的一幅《诗人的花园》(*The Poet's Garden*,1888)却有着与《橄榄树》完全不同的情调。这确是个诗人的花园,草地繁茂,树木葱郁,野花点缀在草树间,天空虽然仍旧是凡·高喜爱的橘黄色,可却是用平行的安静的笔触描绘出来,非但没有让人感到躁动不安,反而觉得澄净明亮。这个诗人的花园,这个草木葳蕤的所在,弥漫着透明的清醇气息和舒畅从容的格调,与凡·高的其他画作迥然不同。我爱凡·高这种不为人知的宁静的诗人气息！另有一幅名为《春天的垂钓》（Fishing in Spring, 1887），我以前似乎没有见过，描绘大桥下面的河水、河水中的小舟，以及小舟中的低头垂钓者，色调多是冷的，没有用非常灿烂明亮的颜色，所以画面很沉静，可是那种狂放的笔触一眼便可以看出是凡·高的。

凡·高不善写实，却极善于营造一种独特的气息，这使他即使画一把简单的椅子、一张普通的床、一座朴实的桥、一棵春天的小树、一朵无华的向日葵……都会显示出他独有的气质，一种绝不与其他画家混同的特殊气息，那些平凡的事物一经凡·高点染，便似乎立即被赋予了凡·高独特的气质。凡·高从来不画带有情节的画，不画伟大的富贵的人物，不画想象的离奇的事物（如高更充满幻想的、带有异域情调的怪诞诡谲的作品），也不画带有宗教色彩的东西（尽管他骨子里是极其狂热的宗教徒），他的画面里是麦田，向日葵，鸢尾花，桃树；是播种的人，邮递员，医生，吃土豆的人，妓女，矿工……这是他的作品真正动人的地方。我在那篇《麦田里的守望者——关于凡·高的札记》中曾仔细地探讨过凡·高的艺术精神，读者可找来一看。

我在芝加哥美术馆还看到了凡·高的《自画像》（Self-Portrait, 1887），有些点彩派的味道，背景和衣服全用细小的色点点缀而成，极富装饰气息，有说不出的神妙。这时的凡·高在绘画上完全形成了自己的风格，手法日渐圆熟。这幅自画像绝对是他最好的自画像之一。绿色的带着质疑与冷静气味的眼睛、突起的坚硬而倔强的颧骨、黄色的直立的头发、蓬乱的棕红色胡须，使我们仿佛窥到了这位横空出世而命运多蹇的画家的内心世界。我在这幅自画像前伫立了很久，看着他的眼睛，有一种要流泪的感觉。

在芝加哥美术馆只能算是走马观花，因为藏品实在太多，在绘画方面，几乎囊括了从中世纪、文艺复兴古典时代、浪漫主义时代、印象主义时代，以至于现代主义时代的所有代表性艺术家，难以尽述。美术馆还有大量中国陶瓷与青铜器、古代印度的优美静穆的佛像，以及大量来自欧洲的艺术品，看到腿脚麻木，仍旧意犹未尽。

2002年春写于美国明尼苏达

痛苦与超脱：在东方与西方之间

之一 读达·芬奇《蒙娜丽莎》

《蒙娜丽莎》是来自天国的精品，是艺术的精粹，是世界美术史上肖像画的所有光荣的顶峰。任何人，只要看她一眼，便无法抵御她的魅力。

站在她的面前，我收敛了高傲，以谦卑钦仰的眼光注视她；我收敛了冷漠，以热诚馨暖的胸怀对她；我收敛了狂放浮荡，以宁静肃穆的心境迎她。我只感到一种湿润的、高尚的、空灵的醉意洋溢在肺腑间。

最令人难以忘怀的是她的一刹那掠过的、难以捕捉的魅人的微笑。那笑意，毫不经意地浮现在微翘的嘴角上，列奥纳多对人的表情的解剖与领悟达到了前所未有的境界。那种微笑,似乎带着一种顽皮的意味,神秘的光影在那里闪烁,让人感到那全是发自内心的愉悦,而同时又是那样的深不可测。

还有那双同样流露着笑意的眼睛。那样清纯,那样平静,而又是那样富有精神与活力。对于列奥纳多来说,微笑是内心生活的标志。她的微笑,与她的特别聚精会神的和蔼睿智的视线融合着。那是多么令人恋慕的微笑!

蒙娜丽莎的一双手,也同样堪称上帝的杰作。它丰满滑润,我只能拿清澈的山泉、晶莹的碧玉来形容它。右手搭在左手之上,自然地下垂着,那样舒展,那样自由,那样完美;这双手所诉说的表情,使古今一切肖像画家都为之黯然失色。

列奥纳多的技巧是无与伦比的。蒙娜丽莎的背后,是一片幻想的风景——带淡蓝的绿色的重山,迂回曲折的小径和小桥,只有在中国的山水画里才可以看到类似的风景——这些同蒙娜丽莎的面貌巧妙地配合起来,把人导向遥远的不知何处的远方,沉入一片朦胧的不可言述的梦想中。列奥纳多对于半明半暗的色彩具有特别敏锐的感觉。他用非常柔和的明暗转变精妙地描绘了脸部,我们好像可以看到她皮下的筋肉，感觉到颈部凹处的脉管的跳动。真是奇妙极了。

她的周身——柔和的脸部，微笑的眼睛，上翘的嘴角，富有表情的双手，瀑布一样的秀发——都洋溢着一种生命的自信的气息，那是理性、向往、自由的最光辉的胜利。她是列奥纳多心中完美的偶像，也是全人类的理想与归宿。

之二　读海粟黄山图

海粟大师，年过九十犹上黄山作画，这在中外艺术史上本身就是一个奇迹，一个神话，一种力。几年前见过他一幅黄山图，那种气魄，那种色彩，至今难以忘怀。上面又题七律一首，更增神韵。诗曰：

> 黄岳雄姿峙古今，百年几度此登临。
> 目空云海千层浪，耳听松风万古音。
> 莲座趺跏疑息址，天都招手上遥岑。
> 一轮最爱腾天镜，中有彤彤报国心。

如果说西方的画渗透了更多的哲学思考和精密解析,那么中国画则往往带有文学的意境、浪漫的色彩和人生的情趣。无疑地,最能表现中国画精髓、最能体现中国文化特色的,当首推中国山水画。有人据中国山水画中把人放在极次要地位一点断言中国山水画缺少人文精神,这实在是一种皮相的见解。中国山水画所表现的山水,是大自然的杰作,它既是一种客观存在,又参入了画家对于自然的独特理解,因此凡作山水,无论大气磅礴,还是小巧精致,也无论豪壮粗犷,还是婉约秀美,都是画家自身的精神寄托,是一种人的思想的体现。当然我们也不能否认明清以降至于今日,有些人只讲技巧的模拟而忽略内容,使山水画变得苍白无力,呆板,单调,平面式,毫无生气,也就失去了人文主义的主旨。中国画里的人文精神,是通过极独特的方式传达的,在山水画里,虽然人物常处于极微弱的地位,但是我们从石桥踏歌的狂士、幽窗闲读的学人、瀑下小卧的老者、篁林抚琴的逸士那里,可以看出一种潇洒幽雅的趣味,可以感受到一种轻松、和谐、自由的氛围,这是人与山水的和谐,人与自然的完美的和谐。在崇山峻岭、大江飞瀑面前,我们看到了大自然的伟力,同时也感到人的渺小——这种感受,不是对人类的贬低和忽视,而恰恰相反,这是中国的山水画家对人的最本质、最深刻的感受,在大自然的渊博、宽容和自由里,他们找到了全人类的归宿。

从海粟大师的黄山图里,我们似乎可以找到一些答案。整幅画面气势磅礴,那种气概和风度,使每个观赏它的人都感到一种巨大的震撼。高峻的峰峦耸立着,孤峭而刚直;奇崛的松树,全用藏青或黑色,显得肃穆凝重。云雾迷漫,缥缈朦胧,缭绕在峰峦之间,给人一种奇幻莫测的感觉。在黄山,海粟大师领略了它的威严,它的险峻,它的气派;同时,也领略了它的神秘,它的高深,它的不可穷尽。大自然,是一个多么神妙的世界!

清代石涛"搜尽奇峰打草稿",诚然是描绘黄山的一代宗师。可是若拿海粟大师的黄山图来比较,不难看出海翁的突破。在黄山图中,海粟大师重彩与水墨兼施。重彩,海翁偏爱红、黄诸原色,显得亮丽、辉煌、华妙、庄严。以往的中国山水画,或表现寄情山泽,或表现雅士逸兴,或表现春秋情怀,都脱不了偏暗偏淡的调子,而海粟大师设色的大胆,可以说突破了前人的窠臼,带有时代的精神,使人耳目一新,肺腑通畅。海粟的泼墨亦是一绝,我在电视纪录片中曾见他用脸盆施水,真是令人惊绝,如果没有统领全局、成竹在胸的气概和魄力,断不会有这样大胆狂放而不失法度的手笔。旧时代的文人画，多表现一种清高、孤傲、出世的情调，渗透了作者的伤感、不平或者偶兴；而海粟大师的黄山图，则展示了一代大师的潇洒宽厚的襟怀，一种奋发昂扬的姿态，一种自信自强的人生风度。

不朽的作品总是同不朽的精神、不朽的气节、不朽的人格操守并存的。海粟大师说："从事艺术的人，尤其要讲这个气节，凛然之气，浩然之气。"这种精神，体现在作品中，就形成了作品品格的高下，情趣的俗雅，气势的宏邈。这似乎是中国山水画里特别注重的，也应该是全部中国艺术家的共同信条。

附：读海粟大师黄山图作四绝句

（一）

相看不厌八十年，山风依旧云依然。
沧桑历尽多少事，笑付丹青水墨间。

（二）

此心不知老将至，九三犹自上摩天。

君为黄山忘年友,相逢何妨共称仙。

（三）
潇潇洒洒两袖风,放怀山岳自宽容。
不是如花传神笔,哪得云涛满卷中。

（四）
纵横捭阖如椽笔,功才毅胆呼大师。（注）
百年风骚谁领得,艺海无涯贯中西。

（注：海粟大师在《存天阁谈艺录》中曾说,画家要有四个条件：一是扎实的基本功；二是洋溢的才气；三是超人的毅力；四是惊人的胆识,缺一不可。）

之二　读米开朗琪罗的雕塑与画

以不朽的人格与精神的魅力,以悲剧式的人生,以哲学家的思考,以诗人的狂热,以英雄般的业绩震撼和影响世界艺坛的艺术家,无疑地,当首推文艺复兴三杰之一、可敬而威严的米开朗琪罗。

罗曼·罗兰在《巨人三传》的序言中曾经说道:"这些人的生涯,几乎都是一种长期的受难。或是悲惨的命运,把他们的灵魂在肉体与精神的苦难中磨折,在贫穷与疾病的砧铁上锻炼……他们固然由于毅力而成为伟大,可是也由于灾患而成为伟大。"

悲剧和眼泪是造就伟大艺术的琼浆。文艺复兴时期,艺术家吸取了古希腊时期明丽、健朗的艺术风格,描写人类的甜蜜梦想,摹绘世间的幸福与完美,纯洁与神圣。那是一种人类梦寐以求的理想境界。而唯独米开朗琪罗,却描写人类的痛苦、悲剧、哀伤与不幸。他完全抛弃了意大利早期艺术中理想主义的安详平和与沉静。他的绘画与雕塑中的人物,几乎个个面带抑郁,浮现出紧张和痛苦的神色,甚至在他们强劲的肌肉里也渗透了同样的痛苦表情。但是米开朗琪罗所描写的人类的痛苦和悲剧——我们从那些肌肉发达、充满紧张的力量感的形象上可以感受得到——绝不是悲观主义、消极主义的代名词。那是深刻的思索、强烈的求生的欲望、对不平的愤激和对人类的深厚同情心所引发出来的挣扎的痛苦;那是对于痛苦与不幸的战斗,而不是屈服;那是强者用他的肌肉吼出来的悲壮而豪放的宣言，而不是弱者卑微的呻吟。

米开朗琪罗是一位激情澎湃、精力过人的艺术大师，这反映到他的艺术上，就形成了其情感炽烈、豪放悲壮的艺术风格，这种风格，显示了古罗马的后裔——意大利人的英雄气概。《石级旁的圣母》是他早期的浮雕，我们从圣母简练的衣纹、圣婴夸张的臂肌以及明朗的构图中就可以初步感受到那种豪放的作风。另一个《圣母玛利亚的哀痛》，也是一个充满了力的表现的作品。《大卫像》是米开朗琪罗较负盛名的杰作之一，也是米氏作品中不可多得的"肉体与精神比较均衡"的一件作品。从大卫微蹙的眉尖、注视的眼神、坚挺的脖颈，以及整个身体的欹斜上，我们可以感受到一种不凡的情绪，那是意大利市民英雄的象征，也是米开朗琪罗内心英雄意识的最好写照。《摩西像》被誉为米氏雕塑中精神与肉体结合得最为完美的作品，不过以异族异代的我们看来，摩西带来的力感和思索还不如大卫来得更直截、更明晰、更强烈些。另外，《晨》与《夜》也称得上超凡的佳作。

然而，米开朗琪罗最无比的功业是在西斯廷教堂里，他在那里留下的天顶画和壁画，可以与一切专业画家包括像达·芬奇这样的大师相媲美。《创世记》和《最后的审判》是与《蒙娜丽莎》一样万世不朽的巨构。在《创世记》中,他描绘了一百多个比实际形体大两倍的人物。这些人物,个个性格沉重、情绪不安、举止粗犷,肌肉也紧张可怖。其中被逐出乐园的亚当和夏娃,画得十分悲愁、恐惧,似乎他们走进人类生活本身就是一种悲剧的开始。在构图和技法上,为了主题鲜明,他做了大胆的舍弃,诸如阴影、背景、色彩,在尽可能的情况下,都被置于次要的地位,而一种单纯的英雄的精神充斥在洗练的人体之中。26年后,他又用7年时光摹绘《最后的审判》。在这里,我们可以看出,那种舍弃简直到了神妙的极限的程度。《最后的审判》中的人物比在《创世记》中的英雄们具有更神秘、更恐怖、更痛苦的意味。耶稣夸张的躯干和扬起的手掌,身旁的圣母扭曲着身体,脸上带有惊恐不安的表情,被审判的罪人一个个神情激动、态度狂热,好像挣扎在不幸的命运之中,在绝望里发出抗拒的狂啸。在这里人体成了表达思想的用具,肌肉和神情成为内心世界的象征。这种描绘方式,使得在同一教堂里达·芬奇所作的壁画《安加利之战》也为之逊色了。

米开朗琪罗是一位开辟时代的天才,是一位真正的艺术家,他是以全部的身心和不可遏止的激情来作画和雕塑的，甚至到了狂热痴迷不顾一切的程度。可惜的是，这样真正的崇高的艺术家，真正的投身艺术的艺术家，现在真是太少了。

之四 读白石水墨

齐白石是近代中国最负盛名的艺术大师之一，是中国这片具有独特文化传统的土地上造就和陶铸出来的具有独特艺术风格的光彩照人的大师。渗透在齐白石大师画里的，是一种典型的中国文化的色彩，如果拿他与同时代的西方画家相比较，我们可以感到他的纯中国的气息，也自然会惊讶于中西绘画会有如此深远的差异。

白石大师诚然有其深刻而博大的哲学思想，《齐白石谈艺录》中对于人生、对于艺术、对于画理的精辟见解，不比《罗丹艺术论》逊色分毫。可是表现在画上，则又是另外一番天地。我们从白石大师的画里感受到的，是一种回归自然的脱离凡俗痛苦的超脱通达，在浓厚的书卷气里，满含着农民一样的朴质，稚子一样的纯洁和天真。米开朗琪罗直接描写人的痛苦，他的作品是他的悲剧的写真；而齐白石则把自己对于人生的达观情绪,通过简洁率真的笔墨表达出来,在这里,人世间的痛苦被抹掉了,我们感到了无与伦比的快意——一种处于大自然之中的,真诚的,清新的,超脱的,天国一样的幸福。

中国旧文人画,以其冗繁的技法、泥古不化的取材、空洞的说教,把自己与大众隔离开了,僵硬,呆板,丝毫没有新鲜的生气,真是语言无味,面目可憎。至于扬州八怪、八大山人、青藤、老缶,始有一股清新的创造气,可是那种文人式的典雅、生不逢时的感伤与不平,还时时笼罩在他们的画里。齐白石可以说是一位标新立异、开宗立派的大师,他使中国画重新变得生机盎然起来,并且在文人逸士之外,使"凡夫俗民"也领略了中国画的妙意。不论秋藤、黄菊、野花、竹篱,还是青菜、红果、小虾、游鱼,以至于昆虫、家禽、菜蔬、飞鸟,他笔下的生灵,无不充满了滋润的灵气,生机蓬勃,情趣盎然,完全抛弃了旧文人画中清高说教的气氛。看白石大师的画,那种古拙纯正的意境,真是令人赏心悦目,他使我们凡俗平庸的日常生活也变得清亮和富有生机与趣味了。

齐白石的墨虾,可以说是中国画史上的一绝,无人可与之比肩。他笔下的墨虾,用墨酣畅,虚实相间,既见灵动之态，又无虚浮之弊，只觉得生气满纸，妙趣横生。大师尝言："作画妙在似与不似之间，太似为媚俗，不似为欺世。"精辟地道出了中国画写意求神的真谛。他的墨虾，不是真虾的简单摹画，而是一种经过概括、提取之后神完气足、笔法洗练的理想中的虾。他的墨虾图，所画的虾充满弹力的透明的身躯，似乎要跳跃起来；纤细而柔美地弯曲着的虾须，参差交错的螯足，丰富而不零乱，整幅画面，给人以不可言喻的清纯、明快的美感。那是同蒙娜丽莎的微笑一样使人陶醉的生命的律动。

白石大师对艺术的理解深刻而又独到，敢于大胆创新、独辟蹊径。有一次他评论治印时说："秦汉人有过人处，全在不蠢，胆敢独造，故能超出千古。"胆敢独造是一切大师之所以统领风骚开辟流派的秘诀所在。《钓鱼图》以其构思的奇绝不俗而为人称道。这是一幅长立轴。整幅画中，留有大片的空白，映在我们眼中的，只一竿一线一鱼而已，简直简洁到了极处。鱼竿在画的顶端，用墨饱满厚实，略显欹斜之态；那钓线，自画轴上方，直泻而下，纵贯天地，虽纤细如毫，却有千钧之概，用毛笔作此线条，倘非腕底有真功力，断不敢作。画的左上，又有"小鱼上来"四个古拙的篆字，更是画龙点睛之笔，为整幅画增添了神韵。

这幅画，看似平实，实则险绝；看似朴质，实则风趣；看似简单明了，实则蕴味无穷。

《蛙声十里出山泉》也是一幅构思、布局、笔法诸方面均臻完美的杰作。据说老舍先生出此句请白石老人作画，年近九十的大师构思几日，欣然命笔。这也是一幅长立轴。远处是飞流直下的瀑布，用笔淋漓酣畅，全用大墨块点染，气势不凡。接着，仿佛是一道泉溪向画外流来，溪中乱石散布、流水潺潺，我们似乎看到了鲜绿的苔藓，听到淙淙的水声。就在溪流的端头，悠然漫游着几只活泼生动的蝌蚪，自由自在、憨态可掬。无怪乎老舍先生见画后连连赞叹，就是我们也不禁拍案叫绝。这是典型的中国式的审美情趣，充满了中国艺术家所特有的智慧与风格。

总之，白石大师的作品，总是充满了儿童般的稚朴真诚，如清泉般清澈的思想，又带有一种敦厚雍容的浅浅的幽默，可以说是一种极纯洁、高尚、简朴的美学意境，代表了一种返璞归真的极致。

白石大师是位全能的艺术家，诗、书、画、印俱精。他的篆刻，奏刀率直果敢、大胆泼辣，不求工细，但求苍茫、古朴、森茂之趣，布局也不拘一格、自成天趣，不愧大家手笔。这也是同他胆敢独造、不喜平庸的精神相一致的。

看他的印，只觉得痛快淋漓，金石味道特别浓厚，刀痕清晰可辨，可以想见他当年"信手昆刀"的气魄。

白石大师一生主张"我自作我家画"，终于冲出樊笼，自成一家，其影响之深远，不可估量。他的勤勉、刻苦、锲而不舍的精神，他的正直、纯朴、高尚的人格，是我特别敬重与佩服的。

附：读白石画有感

1991年9月11日读白石画、印，作绝句及四言诗各一

（一）

雨荷一叶喜清新，鱼虾戏谑见天真。
欲为白石门下客，洗笔研墨也怡神。

（二）

清水芙蓉，所贵者新；
褪去雕饰，愈见率真；

抑扬开合,纵横驰奔;
一刀在手,可通鬼神;
果敢其意,清逸其心;
方寸丸地,大匠之门。

师友雅品

书与道契,艺合天人

——李志敏先生《书论》读后

一、观书思人

李志敏先生所著《书论》,洋洋万言,文采丰赡,哲理深邃,于书道详加探究,多有新论。采掇汇集前贤书论,而又有所扬弃,自出机杼,新意频出。于旁征博引之外,以现代美学与哲学观念加以创造发挥,极富形而上学意味。

正如志敏先生在《序言》中所言:"予偏爱草书,重书之精神内涵,故所书唯求任情恣性,不备六体;所论试图把捉书道精髓,不详技法。"《书论》几乎很少谈及技法,于书法中执笔、点画、结构等均极少涉及,而偏重于对书艺之玄妙做形而上之解释,高屋建瓴,言简而意赅,读来意味无穷、余韵悠长。书道之妙，本非语言所能穷尽者，其弦外之音，只能意会，岂可言传？千载以来，书论充栋，知音者渺，达者自能神会，不敏者言之何益？

予读先生《书论》，每一开卷，都觉有所启发，常读常新，足见先生文字之妙，思想之精微高深也。先生乃北大承上启下之一代书家，上承五四新文化之余绪，下启改革开放以来之新时代书风，在沈尹默等北大前辈之后开创北大书法之新局面，洵为一代大家。先生气魄宏大，胸襟开廓，书生意气，特立独行；狂放不羁，洒脱率真，极备大家气象。读其《书论》，品味其文字，探究其思想，想见其为人，不亦快哉！

二、书与道契

志敏先生《书论》以"道与气"开篇，可谓切中肯綮、气度不凡。如果一个书家，感悟书法艺术，尚不能达到道的境界，而仍旧停留于点画笔墨等物质层面，那么这样的书家仍然是书匠的水平。匠人求形似，一入匠门，一世不可救药也。

志敏先生在开篇讲书道，纵论儒释道诸家对于书道之哲学观，试图从中国文化之源头把握书道之精髓。书道虽是小技，然其中包含大玄妙，充盈着宇宙大道。正如李斯《笔妙》所说："夫书之微妙，与道合。"志敏先生认为："道家强调道法自然，以无为为特征，而书之精者，必须契于自然无为，故老子之道，为书道之一大源头。"此论至为精当。

　　书法之最高境界，乃是体现天人关系，书法虽为人之创造，然而其中却映射出天地宇宙之道。张旭怀素之狂草，龙翔凤翥，出神入化，非书家能参天地之造化而何克臻此？王右军之兰亭序，丰神潇洒，从容疏朗，读之只觉天朗气清，仰观俯察，吐纳大千，信哉其云"书乃玄妙之伎也"！以道御书，以书体道；书与道合，道以书现；书进乎道，达于道，实乃书家之至高追求。

三、得意忘形

　　我在十余年前曾撰一联以言学书心得："心游物外，明心见性；意在笔先，得意忘形。"今读志敏先生《书论》，见其"心与物"一节，于我心有戚戚焉。志敏先生曰："意象合一，情景合一，心物合一，道象合一，因象而得意，因意而成象；意与象混而成书，浅识书者得其象，不解其意；深识书者得其意而忘其象。"

学画者常言："外师造化，中得心源。"学书者亦当师造化，如此才能传得心源家法。书法作为一种视觉艺术，以线条表达感情，以笔墨表现意象，虽没有画之具象，却仍旧能模拟天地万物之神，形诸笔端，使观者于点画、转折、章法之中感悟山川宇宙之奇态、草木之神采。志敏先生云："书如怒放之心花，虽无花而胜似花者也。"正是此意。

作字者，须观大川，观云海，观瀑，观花，观藤萝，观奇松，观江河，观天地；又须观雁阵，观游鱼，观马腾，观鹤翱，乃至观剑，观太极，观长袖之舞，观戏曲之妙。如此观万物，尽其物象，融化于心，形于笔墨，自成书中圣手。

当然，书道模拟物象，只就其神气内蕴而言，绝非指用字作画，以字肖形，此种书法，必落下乘，学书者不可不察也。

四、书以人立

中国传统书论尝言,书品即是人品。此论有一定道理,但嫌片面。志敏先生一方面承认涵养人品之重要性,认为"品靠养,境靠识,养愈久,识愈深,则品愈高,境界愈美"。但是,志敏先生对"书品即人品"的传统书论持有非常中庸公允的看法,认为"书品出于人品,而不等于人品,合二为一,而又一分为二。爱德高艺精者之书,兼爱其人;而恶德下艺能者之人,未必应恶其书",看法辩证而矫传统书论片面之弊。

学书者,徒知学书法之形,而不知修炼身心,涵养品格,而成为格调操守低下之小人,为千载所诟,则学书意义何在,价值何在哉?中国人从来不曾将艺术与品格修养割裂开来,从来不曾对那些品格低下而艺能者报以赞美,这是儒家文化"文以载道"之价值观与美学观之体现。学书(乃至于其他一切艺术与学术)之根本鹄的,在于人精神境界之提升、人格之完善,而非仅以书法形体之美博人赞美。

从外部旁观者角度而言,艺高而品劣者遭人唾弃,其艺术往往也就令人生厌,当然此种情感化之评价有不够客观之嫌,但却恰好代表中国人所特有之审美观念。从书法家自身创作的角度而言，德行高洁、格调超迈者，其书法风格也必然会受到影响，格局情致自不凡也。有右军清高超逸之人品，方有兰亭序清高超逸之书法；有颜鲁公刚正敦厚之人品，方有祭侄稿豪迈厚重气势纵横之书法；有傅山狂放不羁、甘于清贫、不阿不媚之人品风骨，方有其傲视今古、神采飞扬之狂草。

志敏先生说："德不可伪立，名不可虚求，艺不可诈取，故学书法当先学做人。"此千古不易之论也。

某云："历代有奸臣、卖国贼、小人善书，可见书品高者未必人品高也。"持此论者，不足与之辩也。若以此等人为楷模，书道何以称之为书道也？

五、积学成书

学养对于书画家而言十分重要，无学养者，虽技巧很高，但徒具形似，韵味不足，久之令人感觉枯燥无味；有学养者，则其书其画皆耐人寻味，意蕴深长，久看不厌。书法作为视觉艺术，虽只是点画线条，却可折射出作书者之学养思想；字中包含多少学养，识者一眼即可窥破，难以掩藏。学养深厚者,其书法洋溢出一股蕴藉之书卷气,虽不张扬而自有深沉雅致韵味;学养浅薄者之书,徒有其形,而其神涣散,其气息粗鄙空洞,观之令人厌倦,毫无韵味可言。

故志敏先生曰:"学书三分技巧,七分学问""必博取而厚积,书法始有丰厚之内涵,令人味之无穷。"

当代学书者,多病于学养不足。作字,则只知抄袭古人成语,而自己既不能文,亦不能作诗,不能填词,不能治印,诗词画印无所能也;又不读古人文章,国学功底甚为浅薄,于戏曲、国乐等姊妹艺术亦不知涉猎,如此学书者,能成书中妙手者,鲜矣。

古之能书者,多能画,赵松雪、东坡居士等皆是;能书者亦多能诗,古代书中圣手皆是大诗人,如黄鲁直、石涛和尚等不胜枚举;能书者又多是大学者,傅山、黄宾虹等即是;近代大家缶庐、白石等均是诗书画印皆通而又学养深厚,遂成睥睨千古之一代宗师。沈尹默先生为当代书坛圣手,其诗词、绘画成就之高,亦可傲视古人,吾尝读其诗词,观其水墨画,叹服之至。

多种学养融为一身,方能成就一代书法大家。今人只知练字,以为写得一手漂亮字即可称为书家,实乃肤浅庸俗之见也。前人常言，功夫在诗外。书法艺术之高下，亦取决于书者个人之综合学养，习字者不可不于诗词、古文、篆刻、绘画、音乐乃至于更大范围之国学汲取营养，转益多师，自有妙悟，其书法自然会呈现一种独特之韵味。志敏先生本是一代法学大家，于古文亦深有造诣，故其书论能用文言写成，文采斐然，音韵铿锵，当代论书者鲜有此等功底。志敏先生又能诗词，间作水墨山水，随意点染，皆成妙境。吾尝见其所作大幅山水，崇山峻岭，气势非凡，乃知书画同理也。志敏先生谙于画理，其书法岂肯落入窠臼？

遂想起庄子《逍遥游》中之语："且夫水之积也不厚，则其负大舟也无力。覆杯水于坳堂之上，则芥为之舟，置杯焉则胶矣，水浅而舟大也。风之积也不厚，则其负大翼也无力，故九万里则风斯在下矣。而后乃今培风，背负青天而莫之夭阏者，而后乃今将图南。"积学深厚，才能成大书家，志敏先生以深厚渊博之学养率字，又炼之以性情，遂成自家风貌。

六、兴与神会

翁图先生曾对我谈及很多志敏先生之逸事。志敏先生情致洒脱，不为俗网所拘，虽不能目之为狂者，然其魏晋风度亦足以超迈时流。书法乃人之品格禀赋之外露也：性情拘谨者，其书必乏风致；性情狂放者，则其章法布局必纵横洒脱，使人觉其有不可一世之概。志敏先生作书，常无意为之，率性而书，往往涉笔成趣。翁图先生言，志敏先生写字时颇狂放，纵笔写来，笔走龙蛇，不计工拙，写毕则将毛笔挥手一掷，实在是洒脱之极也。

翁图先生曾转赠我一幅志敏先生书小斗方，上书"到处莺歌燕舞，更有潺潺流水，高路入云端"，虽尺幅不大，然观其下笔，时浓时淡，时隐时现，布局险绝，字与字互相穿插，大字小字参差交错，读来只觉气韵生动之极，跌宕起伏，婉转多姿，真有神龙见首不见尾之感。字随笔写在一张极薄之宣纸上，亦无印无款，完全是一时兴起、率性而为的一幅佳作，虽逸笔草草，但无论从行笔还是从章法上，均堪称上乘之作。无意为之，反而意韵生动、神采焕然，中国书法之妙在此。

志敏先生于此理深有阐发。他说："书法佳作，在有意无意之间""有意求工而难工者,意有所碍也;无意求佳而自佳者,意无所拘也。故欲书先散怀抱。先散怀抱,本于老子之虚,即无所滞也。"并引《韵语阳秋》云:"大抵书画贵胸中无滞,小有所拘,则所谓神气者逝矣。"

古代书法佳作,大率无意为之而成。如王右军之兰亭,偶然为友朋间修禊诗集而作序,随手写来,一任天性,偶有笔误,随手涂改,正是由于其无意求佳,而终成为千秋妙品也。二王之日常手札信件,诚所谓信手挥就,出神入化,然其内容不外乎日常交游琐事,无意之间妙趣天成。一张便条便可成为千秋书法佳品,这正好说明中国书法艺术玄妙之所在。

志敏先生"散怀抱"说,值得重视,当为《书论》中之一大发明。我体会,所谓散怀抱者,意指书写者在作字之前应摒弃思虑,心无滞碍,胸中一片澄明虚淡,完全处于一种潇散虚空之状态,不板滞,不紧张,不着意,而以完全自由开张之精神状态来书写,达到物我两忘之境界,如此才能获得书法佳品。否则下笔之前便心思繁复,胸怀板滞,有刻意经营雕琢之心,如此下笔必受拘束,所书岂能洒脱无碍乎?故欲书先散怀抱,胸中虚无、恬淡冲和方能下笔从容,得其天然无雕饰之趣。

书者常有此体会:自己无意间于寂夜灯下挥就之尺幅小字常觉神完气足,以其散怀抱、心无滞碍故也。当此时,书者无欲无求,无虑无碍,随意点染,任情为之,故神完气足,韵味悠长。反而应人所托之作或参展之作,屡屡刻意为之,择佳纸、择佳笔,匠心经营,着意布局,反觉处处局促,不能畅怀,观之只觉气韵板滞,以其心有所滞不能散怀抱故也。故志敏先生散怀抱一说,不仅具有深刻之美学思想价值,对于学书者亦有极实际之指导价值也,不可不细细体悟之。

今人作书,与古人已大不相同。今人作字,动辄曰"写一幅作品",展纸运笔之前先有此意念,则字焉能佳妙?此等说法殊为可笑也。对于古人,书写是其生活之不可或缺部分,无论著书、通信、朋友之间唱和往来,无不使书家处于一种书写状态。为邀朋友过江饮茶品酒写一便笺,便有可能成为不可复制之妙品。因而我以为,书法艺术之颓败,端在于传统文人生活之消逝;而书法艺术之兴,亦端赖于复兴中国传统文人之生命状态。如此书法才能与文人生活融汇为一,书写成为生命之有机组成部分。文人不为参展而写,而将书写视为生命之本真活动,如此书道焉得不兴,书家焉得不获佳作?

吾曾观志敏先生致其学生之数十通手札，皆书法精品，布局灵动，运腕洒脱，满纸生辉，可以想象志敏先生写信时之从容自如状态。吾曾读沈尹默先生蜀中墨迹，皆是抗战期间在重庆与张充和等人通信之小手札，件件神完气足，温润雅致，即使与二王手札并观，亦不逊色，只有兴与神会，不刻意求工，才能得神品。

七、中和圆融

志敏先生在谈及书法美学范畴时，拈出"曲藏和圆情气神境"八个字，其中"曲藏和圆"四字为书法之笔墨技巧，"情气神境"为书法之精神内涵。前者由外而内，皆生命现象而有内在要求；后者由内向外，皆生灵魂魄而见诸形象，二者不可分，皆书论之精华也。

曲与直是一对矛盾。不曲则无韵味、不耐观赏。如文章之直白浅露，令人一览无余，审美意味全失。志敏先生认为，在曲与直之间，曲为主要方面，并引姜白石云："钟王书法潇洒纵横，何拘平正。"但是，对于如何是曲，却大有可议论之处。曲不是故作顾盼之姿，矫揉造作，更不是刻意拗项扭腰，或凌乱无序求异求怪。学书者若刻意求曲，以致矫揉造作、满纸怪异，必堕恶道。

书者须先养平正之书风，虽笔意求曲，但不失朴实平正之气，如此方是上品。孙过庭《书谱》云："初学分布，但求平正，既知平正，务追险绝，既能险绝，复归平正。初曰未及，中则过之，后乃通会。通会之际，人书俱老。"此语甚是精到。真正好的书法作品，总是既雕且琢，最终复归于朴。正如子美评太白诗云："清水出芙蓉，天然去雕饰。"为书为诗，其理一也。

学书者易知曲之妙，而不易知平正之妙；易追求险绝怪异，而不知中和朴质为美之最高境界也。既须知曲尽其妙，又当谨记不刻意求曲，曲应是志敏先生所说之"意曲"，而非表面上的笔画弯曲波折。若仅仅将曲理解为笔画曲折，故意在书写时追求一波三折之妙，斯是下乘矣。某些当代书家故意以曲笔造作为书，矫饰甚盛，如女子扭捏作态，脂粉华饰，徒显恶俗耳。

藏与露是书法美学中第二对矛盾体。书法当以含蓄深沉中和冲淡为上品，以筋骨外露跋扈暴戾者为下品。但是，若片面强调藏，则有失偏颇。志敏先生引《续书谱》云："用笔不欲多露锋芒，露则意不持重；亦不深藏圭角，藏则体不精神。"故露与藏须辩证地看。真正好的书法作品,既露且藏,藏处含蓄深沉、余味无穷,露处精神飞扬、灵动华美,藏露之间相得益彰。或曰杜子美主藏,含蓄深沉,但"会当凌绝顶,一览众山小",精神飞扬,何藏之有?或曰太白主露,诗风飞扬拔扈,但"不知明镜里,何处得秋霜",蕴藉深沉,何露之有哉?只有藏露结合,方成大家。

藏是涵于内,露是形于外;藏是含芳蕴藉,而非拘谨板滞;露是神采飞扬,而不是金刚怒目、剑拔弩张;藏是余韵悠长、绕梁三日;露是斩截明快、直指本心。藏是经久耐看、常读常新,如饮老茶陈酒;露是震撼心魄、如饮冽泉,使人精神爽利、通体畅快。历代书论以主藏者居多,而不知藏露相宜才能妙趣横生也。

如此说到狂草,似乎是以露为主,实则不然。颠张狂素之作,细观之,仍是从容婉转、笔意蕴藉,并非剑拔弩张、一味逞其戾气,此是露中有藏也,故其气味深沉,不致浮滑浅薄。草书最忌浮滑,以其只知露而不知藏也。观二王之行书,诚然含蓄雅致,然其顾盼神飞之处,笔意潇散,神采焕然,灵动之极,此藏中有露也。若一味藏之,则必流于板滞,此是呆女而非美女也。美女须于含蓄之中有灵动之神,于淡雅之中呈飞扬之态。否则,眉目呆滞,容颜再佳亦是呆女。

志敏先生谈到书法之圆,崇尚书法之神圆、气圆、势圆,是确当之论。圆是圆融、圆满,而非圆滑也。志敏先生引钱锺书谈艺录云:"夫诗至于圆,如学道证圆通,非轻滑也。"书法之圆与此同。一幅好字,无论正草,总是章法圆满,笔画圆润,气势圆浑,如此才不乖张,不生涩,不粗砺,不凝滞,气息圆融,神完气足。

八、艺究天人

志敏先生擅狂草,但于隶书、魏碑亦涉猎颇深,造诣精湛。但不论狂草、隶书还是魏碑,志敏先生均表现出鲜明而浓郁的个人风格,可从书法中见其性情气概。其性情放旷,故其下笔则纵横无拘、元气淋漓,如大水冲决而下,其势不可遏止。

艺术即性情,是艺术家之内心世界(我)与宇宙万有(物)融合为一的产物。志敏先生说:"我具物意,物具我情,情投意合,笔上生花。"又云:"不狂不醉,则不能作草,回环牵结,手不为法拘,即是狂;跌宕起伏,情不为物累,即是醉。"

狂醉乃书家真性情之体现，张旭狂醉时以头发作书，性情之不羁可见也。杜甫《饮中八仙歌》云："张旭三杯草圣传，脱帽露顶王公前，挥毫落纸如云烟。"《旧唐书》中云："吴郡张旭擅草书，好酒，每醉后，号呼狂走，索笔挥洒，变化无穷，若有神助。"《国史补》云："旭饮酒辄草书，挥笔而大叫，以头揾水墨中而书之，醒后自视，以为神异。"写尽张旭癫狂之貌也。正是这种狂放不羁之性情，造就张旭空前绝后之狂草艺术。因此可以说，无真性情者，必不能成为一流书家，有真性情者，假以学养、环境陶冶与内心之反省，必于书道有大长进；若进一步提升格调，涵养性情，廓育胸襟，则必成为一流书家。

书家除性情外，还须善养气。情不同于气，历代书论将情与气混同，大谬也。气更指气概、气魄、气势、气象、气度、气韵，有情而无气，则其字必无韵味，字势疲弱，气象萎靡。大书家应如孟子所云："吾善养吾浩然之气。"要养大气象，大气魄，大气度，如此才能笔势开张，章法开阔，气韵灵动。气虽无形，然关乎书艺高下。以气驭情，以情融物，以神贯气，情意交汇，神气相生，如此才能使书法臻于天人合一境界。

瞻志敏先生书法，读志敏先生《书论》，觉先生实有大气象、大气魄，当代书家中书艺与书论皆有精深造诣者，殊为罕见，志敏先生诚为当代书坛不可多得之妙手。闻先生尚著有《草论》一书，惜乎至今未能付梓，憾哉！其作品散见于亲友故旧之手，并无书法作品集面世，一代书家，竟至于此，令人唏嘘。先生于1978年与宝熙先生、翁图先生共同发起燕园书画会，并亲任第一任会长，于北大书法艺术发展居功甚伟。读其遗作，想其丰神，于烟台海滨成诗两首，以纪念这位颇具个性与独创精神的卓越书家。

其一
山川苍莽解入诗，
墨宕笔飞神不知。
云烟满纸纵横处，
天地忘怀作书痴。

其二
掷笔一啸空千古，
无边块垒向天舒。

元气淋漓随点染，
海雨天风鬼神哭。
君本狂者意纵横，
胆敢独造无羁束。
一派率真弃雕饰，
老来手段任情涂。
龙蟠凤翥无人识，
惊却颠张与狂素。
书论读罢拍案起，
当年恨不拜高庐。
摩挲遗迹叹丰神，
依稀宛在云深处。

2010年4月于北京大学蔚秀斋

大巧若拙,大朴不雕

——单应桂艺术论

吾乡齐鲁,乃中华文明发祥滥觞之地,春秋战国,百家争鸣,稷下学派,诸子并兴,遂形成中国思想史上空前绝后之"轴心时代"。厚重悠久的历史积淀、源远流长的人文传统,形成了齐鲁大地独特的社会气象与风土人情。这种历史积淀与人文传统自然也深刻地塑造了齐鲁大地上的艺术和艺术家,使无论庙堂还是民间的齐鲁艺术都具备了一种独特的风范与格调。

单应桂先生是齐鲁文化哺育和滋养出来的杰出的当代艺术家。在六十余年的漫长艺术劳作中,她逐渐创造出属于自己的艺术语言,这种艺术语言无论以油画、水墨、年画、版画来呈现,都彰显出一种独特的艺术魅力,散发着齐鲁大地独有的气息，渗透并释放着齐鲁大地独有的文化性格。

这种文化和艺术性格，可以概括为大巧若拙、大朴不雕、敦诚厚重、庄严沉穆、质实无华、大气豪放。单应桂先生的画作，洋溢着一种朴拙守正的齐鲁气派，一种充实厚重的美学精神，一种大气磅礴的人格气象。这种风范使单应桂先生的艺术创造带有历史的高度，堪称齐鲁艺术界的"泰山"。

吾尝于数年前在泉城谈及"齐鲁画派"。"齐鲁画派"的核心就是孟子所说的"充实之谓美"，就是"吾善养吾浩然之气"。这种正大气象使人的心灵达到超越。读单应桂先生画作，心灵时时受熏染，生命时时得振拔，观者从她极为质朴的艺术语言中得到洗涤与感悟。先生虽然接受了极为严格的造型训练与色彩训练，有极为扎实的绘画功底，但是从来不炫技，不浮躁，而是摒弃浮华，返璞归真，敦厚内敛，光而不耀。她笔下的人物，就像齐鲁大地一样庄严、质朴、厚重、敞亮。

单应桂先生的作品中充满了画家真挚而饱满的情感。先生不矫情，不夸张，不取巧，不媚众，她从不哗众取宠，从不无病呻吟，从不以狂怪悦人耳目。她的艺术始终发自内心，响应内心之呼召，浑朴自然，去除雕琢，以真情实感动人。即使在意识形态凸显的时代，先生亦努力遵循艺术规律，尊重美学殿堂至高之原则，尊重内心之真实感受。

单应桂先生在中央美术学院的求学生涯，使她接受了极为宝贵的现实主义画风的培育与熏陶，奠定了她的质朴忠诚的艺术品格。她忠于生活，尊重自我真实感受（石涛所谓"尊受"也），从日常生活中采撷灵感，在真实的土地上行走、观察、欣赏、歌吟，时而为忠实记录生命苦难之诗圣杜甫，时而又成为歌咏心灵自由之诗仙太白。她的画作，无论是充满历史悲怆记忆的逃难图，还是充满时代精神张力的现代农村图景，都是真切动人的。作为画家，单应桂先生无意中成为历史之代言人，时代之抒情者，成为一代人的精神担当者。

在当代齐鲁画坛中，单应桂先生的艺术实践最具有代表性，这种代表性超越个体的艺术性格，带上时代和历史的烙印。她热爱大众，热爱土地，熟稔人民的思想与情感、苦难与遭遇、快意与欢欣。她与这些朴实的人民同呼吸，因为她本来就是担当时代苦难与骄傲的人民中的一分子。这是她所有灵感之源泉，也是所有价值与理想之依归。忠于时代，忠于内心，忠于土地，忠于人民，回归乡土，与时俱进，做时代之忠实而诚挚之讴歌者，这是单应桂先生担负的历史使命,也是她全部艺术的精髓所在。

儒家强调依仁游艺,其核心乃在于以文载道。真善美者,皆道也。画家传达真善美之境,即为载道也。艺术非仅娱人耳目而已,艺术之使命乃在于振拔人之精神,洗涤人之心胸,使其心灵臻于真纯忘我之境,得正大浩然之气。单应桂先生之画,无论是苦难中之控诉、沉吟与呐喊,还是对新时代之礼赞、对人世之静赏、对生命之品悟,其宗旨皆在于传达正气,弘扬我华夏民族正大光明之精神气概。

熟悉单应桂先生的人,无不为先生的坎坷遭际而唏嘘喟叹。先生历尽苦难而不丧其志,不改其乐,达观知足,心境开阔,容天下难容之事。艺术是其逃离苦难之庇护所,是其屏蔽外界干扰的伊甸园。她孜孜以求,心无旁骛,愈挫愈奋,终将苦难升华为人格,淬炼为境界,锻造为生命之花,将苦难艰辛之尘土铸造为生命与艺术之金蔷薇(帕乌斯托夫斯基《金蔷薇》)。及至晚年,她如枫叶经霜,技法更趋圆熟,理智更趋清澈,情感更趋饱满沉淀,对世界与人生之体悟更趋深刻练达而独到,而其心灵更趋于自由而超迈。

先生自年轻时代,即深入中国民俗乡土的深厚土壤之中汲取养分,汲取灵感。先生之画,洋溢着浓郁民族气息,清朗明快，观之令人神畅。她就是一个钟情于漫步乡间的行吟诗人，一个陶醉于淳朴民风的田园诗人。

单应桂先生对传统年画版画尤其钟情，上世纪50年代的《和平幸福》，70年代的《湖上小学》《做军鞋》，80年代的《湖上婚礼》《母子情》，90年代的《春牛图》，色彩华丽而稳重，构图充实而饱满，浓郁之乡土趣味扑面而来，读之沁人心脾，对田园生活顿生向往，让我们似乎闻到土地的芬芳。80年代单应桂先生以巨大的勇气和艺术家的远见卓识，奋力创建山东艺术学院年画专业，意义极为深远。唯乡土能彰显国魂，大美正在乡土中。民族风范足以立于世界艺术之林，食洋不化、崇洋媚外者宜诫之。苟能将吾民族之固有艺术进行充分挖掘，发扬光大，并以现代艺术精神浸润而表现之，则必将无敌于世界。在这方面，单应桂先生有长期丰富而成功的艺术实践，足可现身说法。吾国民族艺术之元素积淀既久，内容极其宏富，表现形式亦精彩纷呈，真可谓俯拾皆是，取之不尽，用之不竭。而吾人视若无睹，弃之如敝屣，犹若弃自家金山而乞讨于外人，甚可怜复可悲也。

年届古稀之后，单应桂先生深入更为广袤开阔的世界之中，眼量愈加闳廓，心态愈加从容。青藏组画，厚重深沉，笔墨精到而简约，使人惊叹老画家的旺盛生命力与创造力。同时，先生深入中国古典文化的深厚土壤之中，深情回望中国的古典精神。温故知新，借古开今。她的系列水墨写意作品《古松筛月图》《寻梅图》《太白诗意图》《易安秋吟图》《箫声悠远图》《羲之爱鹅图》等，笔墨散淡而悠远，气韵高古不俗，透露出先生八十岁左右闲适自由、恬淡旷达之内心追求与精神境界。此时的她，笑瞰人生，俯仰从容，真正到了孔子所说的"从心所欲而不逾矩"之境。

坚定地站在真实的土地上，老实地在自己园地上悉心耕耘勤苦劳作，把苦难当作滋养艺术与人生的琼浆，诚挚而充满敬意地承继民族文化的遗产，做生命的永远的欣赏者、歌唱者、礼赞者。"行世兼德学，倾心画笔担道义；开宗传齐鲁，寄意丹青写精神。"这就是单应桂先生。

2015 年 4 月 2 日

收藏月亮的人

——翁图先生侧记

一

结识翁图先生,纯属偶然,可谓神赐因缘也。

2004年春,一日我到北大三教附近的图片社去冲洗照片,偶见一老者,手里拿着一张与泰国诗琳通公主的合影,正与店员聊天。我以前看到过关于诗琳通公主来燕园研习书法的报道,而且知道诗琳通公主的书法导师正是北大的书法家张振国先生。我在三角地书店曾见过先生的字,敦厚凝重,大气磅礴,庄严中不失和润之气,每次路过,都要驻足品味一番。我猜想这老者必是张先生无疑了,遂趋前与先生攀谈。

先生实乃温厚之人，相谈不多时，一老一少俱颇欢洽，先生遂引我到十三斋他的书房小坐。十三斋现已拆除，那时的十三斋，已经是破烂不堪，门窗斑驳，楼内昏暗如夜。进了先生的书房，虽然略感凌乱，却充盈着一种诗意的气息，书香满室，墨香洋溢，到处是碑帖、字画，很是养眼。斯时先生正在临习颜真卿的字，我忘记了是《麻姑仙坛记》还是《郭家庙碑》或是别的什么，先生说他每天必临池，手摹神追，体会古人气象，乐在其中也。

此后到先生书房，包括在静园草坪西侧的北大三院办公室，都经常见先生认认真真有滋有味地临帖，有些帖，他临过不下几十通，还是兴味盎然地临。先生自言临帖已经是他日常生活不可或缺的一部分，临帖之乐，已经超乎书艺的范畴，而得纯粹与古人对话之神趣。有时见先生临孙过庭《书谱》，有时见先生临王羲之《兰亭序》，有时见先生临《张猛龙碑》，他的涉猎范围很广，但其底蕴在颜鲁公，中正雄秀，丰腴沉静，有大家气象。

先生由颜鲁公上追二王，实际上正得鲁公妙处。近读北大校友叶秀山老先生的《书法美学引论》，其中引黄庭坚的一段话，道出颜鲁公与二王的内在关系："鲁公书独得右军父子超轶绝尘处。"此语颇得东坡赞同。先生之临习古人，其路数与黄鲁直实暗合也。

那天访先生归来,写了一首小诗《燕园十三斋访翁图先生后作》以纪其事:

> 萧然处陋室,
> 神与古人游。
> 苍厚慕鲁公,
> 逸少遗风流。
> 猛龙摩玩罴,
> 快意无他求。
> 书道寂寞事,
> 沉醉忘百忧。

后来,我把这首小诗写成条幅呈给张先生,字很幼稚拙劣,本不堪拿出来污先生眼目,不过略表寸心而已。先生极高兴,并指出我的笔误,"四"字下面应为"去"字而非"杰"字也。我当下大为惭愧,自知不学无术如此,想再写一幅送先生。先生说,书家无错字嘛,你在后面做个小注就可以了。我遂在最后提款的上方写了一行小字:"罴当为罢字"。这则小插曲,我至今记得,先生之温厚,感人至深。

现在，这张拙劣条幅还挂在先生的三院书房里。最近一位朋友说，张先生书房挂着你的字呢，张先生还赞你呢。听罢我的汗快要流出来了。

二

2005年深秋的一个下午，我从燕南园出来，想去拜访翁图先生。访翁图先生我一般不打招呼（除非有特别的事情），径直闯入，与先生海阔天空一番，听听他讲书道，讲书坛趣事，讲古贤妙处，讲最近读过的书、临过的碑帖，无所不谈，老少尽欢。那天，我刚要经过草坪到三院，猛然见一个老者在花前树下躬身捡拾着什么。走近一看，原来是翁图先生。一问，原来老先生正在那里捡飘落的花瓣和红叶，还要拿回书房写字。

到书房落座之后，果然见翁图先生书桌上摆放着几片已经书写了字的圆形红叶。有的写着"霜叶红于二月花"，有的写着"吟秋""秋韵"，有的写着篆书"唯真""唯善""唯美"。这些叶子上的书法，韵味十足，实在是大自然的神工与人的美感交融而成的杰作，令人叫绝。先生送我几叶，至今仍夹在我的书页之中。

翁图先生也许更是个诗人,他在琐屑生活中体味诗意,在庸常生命中创造诗意。在一般人眼里,落叶就是落叶,落花仍是落花,而在翁图先生这里,红叶与落花皆成艺术,凡俗生活皆充满诗情。书法在这里不是正襟危坐刻意为之的所谓作品,而是与日常生活融会一处、共同创造诗化的生命。这些书写在红叶和落花上的作品,自然是不能久存且流芳百世的,然而若想象一下翁图先生在红叶与落花上纵笔书写的情景,体味一下翁图先生在落笔的刹那间所享受与呈现的诗人情调,则千古而下如此书家又有几人哉?

现在,翁图先生已届古稀之年,圣人曰"七十从心所欲不逾矩",先生的生命状态,也渐入从容之境。六十岁后,先生常书写自撰的诗句:

> 暮雨初霁夕照明,
> 邻家谁人起箫声?
> 人生本应从容度,
> 闲坐小窗赏兰亭。

这份从容与练达,自是书家一生修炼的最终指归。到了这样的境界，正如孙过庭所说的"人书俱老"——人则淡泊从容、圆融无碍，书则平正中和、一任天然。

三

常常听翁图先生说一句话："吃饭吃素，出门走路，当官当副。"

他崇尚低调的生活状态，远离名利之争，避开是非之扰，来去自在，无所羁绊。正如他在一首诗中所写的："淡泊名利远是非，清风明月自在行。"久在书画圈子里，免不了有些"是非"，可是翁图先生总是泰然处之，对不同的意见，不同的书风，总是能大度包容，有海纳百川的胸襟与气量。他口不臧否人物，很少评论别人的字哪里不好，而只说别人的妙处、佳处，无论对年长者、年少者还是同辈，他都奉行"仁和"之道，以"和"待人，以"仁"处世。

有一次我请翁图先生为小儿伯允写几个字留念，他写了"天下仁和"四个字。这是他一生总结出来的为人处世之道，蕴含着很多生命的智慧与感悟。待人的这份宽厚，处世的这份达观从容，沉浸书道的这份忘怀与逍遥，也许正是很多书家所缺乏的。

翁图先生可以说是北大书画协会的初创者之一。1979年，改革开放之初，书画艺术再兴。北京书画界曾在颐和园谐趣园开办书画展，在展览中翁图先生见到书法家杨再春先生，聊起北大书画活动之事。杨先生说，为什么北大不成立一个书画协会，也好推动北大的书画创作与研究。作为全国最高学府之一，北大办书画协会，对全国高校的书画艺术会有很大影响。翁图先生非常赞同再春先生的想法，当时他正三十多岁，风华正茂，听到再春先生的建议后很振奋，感到应该为北大书画艺术的复兴做点力所能及之事。后翁图先生找到国际关系学院赵宝煦教授，赵教授书画皆臻妙境，认为成立北大书画协会对于弘扬北大书画艺术传统至关重要，应速启动，于是向翁图先生推荐了法律系李志敏教授。李志敏教授擅狂草，并有书法理论著作《书论》《草论》问世，为当代书法界一大家。三人共同在李志敏先生家成立了"燕园书画会"，李志敏先生任第一任会长。李志敏先生去世后，同样以草书名世的历史系教授罗荣渠先生任第二任会长。不幸罗荣渠先生不久病逝，乃由陈玉龙先生任第三任会长。三十年中，翁图先生一直兢兢业业为燕园书画会的事情而忙碌，他担任副会长二十余年，北大书画之兴可以说凝聚了翁图先生很多心血。

在当今北大书画协会，翁图先生无疑是一个核心人物，也是一个灵魂人物。这不仅是因为他的年资，而更因了他的宽厚的人格。他从不卷入是非之争，他沉浸在他的世界里，对于身外的尘世扰攘不稍措意。他的字有的被作为国礼送给外国首脑，可是他更多地乐于为普通百姓写字。有一则逸事很有意味。一天，一个邻居老太太听说翁图先生会写大字，就来找他。翁图先生问："您要写什么字？"老太太说："我家门前一直有人乱倒垃圾，您写个字别让他们再乱倒了。"翁图先生认认真真地为老太太写了一幅字："请不要在此处乱倒垃圾"。他并不觉得这降低了他的书法的价值！

他义务为北大万柳校区题字数十通，以隽永厚重的书法作品为万柳校区平添了一股书卷气。最后万柳校区的负责人为答谢翁图先生，竟请北京大学老教授书画协会的近百位会员聚餐一次。提起此事，翁图先生开心不已。万柳校区的学子们有福了，可以常常在翁图先生的书法作品前驻足，沉思，读书，自习，但愿他们也能从中学得一份洒脱从容的人生态度，涵养出一身宽宏无我的大家气象。

四

翁图先生认为，书法的首要功能是修己，是提升习字者的人格修养与精神境界。他在 2009 年北大书画协会举办的新年书法展开幕式座谈会中指出，学习中国书法必须从传统中来，要尊重传统，唯求其正，不应迷恋于后现代主义书法而丧失书法的传统美学精神。

翁图先生强调正统路子，并不表明他在书法审美方面的保守。看到有些风格奇崛的字，他也有激赏的时候，但奇崛须是有根底的奇崛，而不是仅仅哗众取宠地求怪求奇。据说在考虑为诗琳通公主选择书法导师时，季羡林先生力荐翁图先生，认为翁图先生的字路子正，有法度，不容易误导初学。我向翁图先生请教书法，他经常讲到创新与传统的关系，对于传统功底浅薄而侈谈创新者嗤之以鼻。

但是他也在不断吸收新的东西，在用笔、结体等方面时时有新体悟，经常不耻下问，向一些年轻的书法家请教，这在老一辈书法家那里是非常罕见而可贵的品质。在书法审美方面，他的头脑一直是向外开放的，随时汲取新鲜养分。

数十年来，他临习颜鲁公甚有心得，从《多宝塔》到《东方朔画赞》《勤礼碑》，他无不悉心体悟，经年累月地摹写，可以说得其神韵。他继承了颜真卿的中锋用笔，因而笔墨显得厚重丰腴。他不喜乖巧轻浮的书风，对于他来说，是"宁拙毋巧"，追求一种苍茫古拙的味道。比如我看到他写的"烟云供养"四个大字，苍茫中有骨韵，庄严中有飘逸仙气，真的有烟云满纸之感。翁图先生特擅书大字匾额或碑额，如他为比干庙书写的"千古一臣"，为张氏宗祠书写的"挥公堂"，为北大万柳校区书写的"学思堂"，皆神完气足，笔力雄浑，而又圆润大气，有纵横之概。

近日翁图先生告诉我，有一位他所赞赏的年轻书法家，指出翁图先生的字强调中锋用笔，结体略显单调，如略加改进，多面出锋，则结体自然婉转流畅。翁图先生言下大悟，遂呼那位年轻书法家为师。其求新之志、谦逊包容之心，可见一斑也。翁图先生还亲自演示给我看，把用两种笔法写的字加以对照。我则认为，中锋用笔与多面出锋适用于不同的字体，如作大楷字，适于中锋用笔，如此则字体方显平正雍容、圆浑大气；如作行草，则必八面出锋，才能使腕力自由发挥，则结体自然飞扬生动、灵秀流畅。

一次我对翁图先生偶然谈起，某书法家在写行草书时捻动笔管，遂使字体有飘逸灵动之姿。翁图先生不以为然。他认为，以指力转动笔管，则字必浮，因指力较弱，下笔则必轻浅，不能得力透纸背之效。他认为正确的方法应该以腕带指，腕力较强，腕动则指动，如此则所书之字不致显得轻浮疲软。后来我读到康有为论用笔的话，他讲："夫用指力者，笔力必困弱。"因而主张要用腕力，南宋的姜白石也有"不可以指运笔，当以腕运笔"的说法，这些话几乎与翁图先生同出一辙。

五

翁图先生曾有两句诗："茶到淡时方是味，心入静境自成仙。"我非常喜欢。

写字作何用？若写字只是为把字写得"好看"，则是书家末流。真正的书法家，须每日在笔砚边修行，洗得躁气全无，淡中生静，静处生定，定而生慧，方显书家修炼功夫。

一日，某收藏家拜访翁图先生，并与先生共同把玩他花费巨资购得的稀世珍品。先生很开心，入夜，先生邀友人在北大未名湖边散步。此时未名湖边一片静寂，月色如水，清风徐来，漫步小桥流水之间，看垂柳扶疏，闻荷塘幽香，诗意盎然，如在仙境。

翁图先生对友人说:"收藏名贵古董,实在太奢侈了。不如收藏这月亮吧,不用花一分钱,其乐亦在其中也!"

友人闻言,点头称是。能够有心境"收藏月亮"的人,此种格调,此种怀抱,此种恬淡胸襟,此种无疆乐趣,何必收藏什么青铜瓷器!

现在很多人忙忙碌碌,顾不得欣赏月亮了。可是翁图先生却把月亮当作最好的收藏品。他对朋友说:"我的收藏品比任何收藏品都古老,既不用花钱买,又从不怕失窃。"

有了这样的心境,天地万物皆是囊中收藏,正如翁图先生最激赏的程颢的两句诗:"万物静观皆自得,四时佳兴与人同。"专事收藏古物、以占有为乐,反倒显得庸俗与累赘了。

这让我想起苏东坡《赤壁赋》中的一番妙语:

> 盖将自其变者而观之,则天地曾不能以一瞬。自其不变者而观之,则物与我皆无尽也,而又何羡乎!且夫天地之间,物各有主。苟非吾之所有,虽一毫而莫取。惟江上之清风,与山间之明月,耳得之而为声,目遇之而成色,取之无禁,用之不竭,是造物者之无尽藏也,而吾与子之所共适。

这段话可以为翁图先生的话做一注脚也。

黄庭坚《鄂州南楼书事》诗云:"清风明月无人管,并作南楼一味凉。"我想可以把最后一句略作改造,以应翁图先生"收藏月亮"的典故:

  清风明月无人管,
  收于两袖作珍藏。

能有这样的珍藏,可真正是富甲天下了!

六

与翁图先生从游日久,感到先生并非道貌岸然的道学家,也不是故作深沉的学人,而是一个有着真趣味与真性情的真正的书家。

孟子云:"大人者不失其赤子之心"(《孟子·离娄下》)。先生身上,自有一种天真的气象,有时为一件有趣的事,或一片有意味的风景,他所露出来的那种笑容,如此清澈,如此烂漫,如此直率,令我很受感染。由此才知道先生并不是恭谨严肃不苟言笑之人。他敦厚而不失风趣，亦饶有童趣，身上有一种朴野的气息，常常做出一些令我惊讶的行动来。

己丑仲秋，我去先生在燕北园的居所拜谒。先生兴致很好，谈及燕园书画会之历史掌故来，如数家珍。他的居室在一楼，故有幸得一小院，院子以篱笆围之，竹木交错，颇有野趣。随意栽种的葫芦、丝瓜和苦瓜在篱笆之间蔓延，天然而成一个凉棚，夏日应别有凉趣也。

临别，先生说："苦瓜快长出来了，我给你摘几个。"言毕即攀爬至高处，为我摘了几个仅有三五寸的苦瓜，鲜嫩可爱无比。古稀老者，心态如同赤子一般，童心不泯，诗心盎然，如何不令人赞叹！

回来后，我涂了一首打油诗，名曰《仲秋前夕得翁图先生赠手植苦瓜》：

> 柴门不掩乱篱笆，
> 野老无心种苦瓜。
> 《书谱》临余一长啸，
> 偶见南窗葫芦花。

2010 年元旦于西二旗蜗庐

仰望的眼睛与心灵

——杨飞云、芃芃绘画论

一、潮流与坚守

近代以来,从学术思想到艺术潮流,都存在着中国固有的文化传统与西方舶来的文化形态之间的碰撞、交锋与融汇。在疏离与亲密、汲取与反叛、敌对与拥抱之间,中华主流文化一次又一次承受着来自异域文化的冲击,这种冲击,从更悠远的历史跨度来看,乃中国固有文化一次宝贵的自我省视、沉定反思,并因而实现一种更新意义上的涅槃和转型的机遇。

油画艺术就是这样一种典型的西方舶来的艺术潮流。与中国繁衍发育了上千年的水墨传统相比,油画艺术来自完全不同的哲学传统、宗教传统和人文传统，其审美角度、技法体系、话语范式与中国的水墨有着根本的差异。从19世纪末至20世纪早期中国引进油画艺术以来的百余年间，油画艺术在这片土地上经历过多次致命的命运变迁与挣扎，每一次变迁与挣扎都给中国文化界带来沉重而深刻的冲击。当然，我们也可以这么说，每一次油画的命运变迁也都是中国文化自我转型的组成部分，都意味着固有文化一次痛苦的再生。

20世纪40年代之前，欧洲的油画艺术，包括古典主义、浪漫主义、现实主义、印象主义，乃至20世纪以来的现代主义与超现实主义，都在中国的油画舞台上纷纷亮相，各种流派你方唱罢我登场，令中国艺术家目不暇接。没有一个流派能够声称自己在中国的油画界占据不可动摇的主流地位，每个流派都影响着一批追随者和崇拜者，这些追随者和崇拜者之间不可避免地相互论战，争执不下。20世纪50年代之后，由意识形态带来的苏联现实主义的艺术思潮主宰了中国的油画艺术，这种主流态势给中国画坛带来双重影响。从积极的一面而言，苏联现实主义中所蕴含的俄罗斯民族壮健的艺术精神、扎实的写实功力、关注真实生活的创作哲学以及磅礴大气富有诗意的艺术冲击力，极大地感染了中国的油画家；但从消极的一面而言，那种意识形态引领下的主题性概念化的创作心态，禁锢了艺术家的心灵，不利于油画艺术的创新。

20世纪80年代之后，各种新兴的西方油画艺术派别在中国登陆，中国油画家以积极的海纳百川的心态，自由地汲取各种艺术派别带来的灵感，使中国油画进入了一个气氛宽松、色彩纷呈的繁盛时期。中国油画界1980年代以来崛起了一批有着独特艺术哲学、功底深厚、意志坚定的艺术家。面对着艺术界纷纭的派别，面对着这个剧烈变迁时代动荡的社会思潮，面对着在经济转型和市场诱惑下的浮躁的艺术家群体，这些卓越的艺术家以沉潜的创作心态和坚实的审美体验，创作出一批可以代表这个时代的杰出作品，在中国油画史上留下了自己清晰的痕迹。

在这些值得尊敬的油画家中，不得不承认，杨飞云是非常特别的一位。这种特别，恰恰不是来自于另类和怪诞，而是来自杨飞云对一种极为正统、极为古典的审美理念的坚守，来自他能够在20年的创作生涯中，始终如一地秉持一种古典主义的艺术哲学，并在这种艺术哲学的引领之下，执着而迷狂地（甚至有些一意孤行地）探寻古典主义艺术的根源与精髓。他的一以贯之的稳健的创作心态、坚韧倔犟的内在气质，成就了一种油画界独树一帜的艺术风格。

谈到杨飞云的艺术，不能不说到芃芃。杨飞云和芃芃是圈内知名的一对恩爱的丹青眷侣。但是芃芃的意义，不仅是作为杨飞云的妻子，也不仅是作为杨飞云很多杰出画作的主人公，而是在于其自身的艺术创作所彰显的独特艺术魅力。把芃芃与杨飞云结合起来看，我们可以获得很多关于中国油画的灵感和有趣的结论。可以说，杨飞云和芃芃这对丹青眷侣，本身已经构成了中国当代油画界一个不可复制、不可多得的独特景观。

二、古典与永恒

艺术家通过艺术作品传达给观者以不同的美感。毋庸置疑的一个事实是，美是一种主观的审美体验，美在不同的欣赏者眼里呈现出不同的外在面貌和内在素质。有人崇拜希腊雕塑中洋溢着的静穆与庄严之美，有人欣赏中世纪大教堂所透露出的敬畏与仰望之美，有人喜欢拉斐尔画作中体现出来的安详静谧的神性之美，有人陶醉于米开朗琪罗所创造出来的刚健磅礴之美，有人赞美安格尔洗练谨严而不失灵性的学院派之美,有人却颂扬德洛克罗瓦充满着生命动感的张扬之美,有人偏爱莫迪利亚尼带有忧郁格调和象征意味的单纯之美,有人则沉迷于伦勃朗深沉凝重并极具思想含量的写实之美,有人感动于凡·高炽热鲜明的色彩和阳光般的绘画语言,有人却在列维坦大气从容幽深开阔的风景前流连忘返。所有的美,所有的伟大的艺术家,虽然似乎都在各自的时代寂寞地工作,似乎毫无关联地散发出自己独特的光亮;可是,从整个人类艺术史的长河去打量,我们却可以看到他们之间内在的精神上的关联。他们像星星一样相互映照,相互辉耀,使自己和对方都呈现出不可替代的美的价值。

所以作为观者,最值得提醒自己的莫过于因为一己的好恶而贬低其他观者的审美感受。对于一个时代的观者而言,最忌讳的是以一个时代的固定的审美倾向而贬低前人的成就。从任何时代来看,都有伟大的值得称道的艺术品。当我们理所当然地认为中世纪缺乏伟大的艺术作品的时候,罗丹却以极大的热情赞美中世纪的建筑和宗教绘画中所体现出来的宝贵的艺术灵感。在艺术上,从来没有过时之说,对于伟大的前辈的艺术创造,存着一种敬畏的心理,似乎是一种必要的精神准备。当然,敬畏不是亦步亦趋,不是泥古不化，敬畏更不是"死于古人"。对古人的敬畏，乃是一种精神上的朝圣，乃是一种虔诚的探源之旅。

对于古典艺术，尤其需要这样的敬畏。杨飞云在20年的油画创作中，面对国内涌动的各种艺术思潮，静观潮涨潮消，一直有着一份宝贵的冷静心态和难得的定力。无庸讳言，我们这个时代，是一个相对浮躁而肤浅的时代。因为艺术潮流变化过于迅猛，所以艺术家疲于奔命地追逐新鲜的风尚，结果往往因为盲目的追逐而丧失内在审美思想的深化；因为强大的外部潮流的压迫，艺术家变得不再自信，他们难于固守自己的领地，在不断地"心有旁骛"中虚掷自己的创造年华。在我们这个浮躁的时代，要想做到"用志不分"，实在是太难了。杨飞云的宝贵之处，正在于此。

在中国油画界，杨飞云的风格是稳健的。在他的画作中，尽管不难看出几十年艺术追索中所形成的明显的风格转型，但是其中渗透出来的古典精神，是一以贯之始终不渝的。你不能不佩服画家坚韧刚毅的意志力和坚定稳固的艺术信仰。杨飞云的作品，似乎总是洋溢出一种从容淡定的稳定感，一种凝重而诚恳的厚重感，一种庄严朴质而深邃的宗教感。这种审美感觉，是杨飞云画作打动欣赏者心灵的重要因素，也是杨飞云之所以在中国油画界独树一帜的内在奥秘。

时人对于古典主义的理解有很多偏颇的地方。有人把古典主义误解为写实主义,那种对自然客体的真实描绘并不是古典主义的精髓。有人把古典主义误解为甜俗的唯美主义,以为古典主义就是把人物画得极端完美、柔美、甜美,从而不惜牺牲现实中的真美而刻意创造画面中的"幻美"。有人认为古典主义是一种过时的艺术潮流,他们迷恋于现代主义的表现手法,对古典主义的表现形式和艺术语言不屑一顾,鄙夷为"前现代的艺术"。实际上,古典主义并不是简单地把事物理想化的唯美主义,也不是对客观物象的忠实摹写,更不是一种没落的、保守的、过时的、不值得关注的艺术潮流。古典主义,从其本质来说,包含着一切美之所以为美的奥秘。

杨飞云曾在一篇文章中这样阐述他对古典艺术的理解:"古典绘画是经典,是人类绘画史上的最高峰。我们可以在这部经典中拿到我们想要的一切,不肤浅地说:所有的画风都是古典绘画的子孙,是从这里派生出来的。那种严谨精微的样式,却具有开阔宏大的内质,具象写实的外貌却表现出超然升腾的灵性之美,非常人性的表征却又承载着非常神秘的大境界,以那样切实而可触摸的质素却能唤起人的崇高的理想与信心,古典绘画具有超越时代的一种恒大的生命力。"

杨飞云希望获得一种更为恒久的东西,他渴望一种稳定的、可以超越时代的绘画语言。在杨飞云的画作中,我们可以发现一个突出的主体,那就是由大量人体、素描和肖像组成的光彩焕发、青春蓬勃的女性形象。这些女性,全都洋溢着一种骄傲的、温柔的青春之美,仿佛浸透着生命的浆液,那么鲜活,那么富有朝气;有时,这些女性还带着青春女子特有的略显忧郁的神情,向广阔的人生遥望。杨飞云用非常巧妙的手段把这些充满魅力的妙龄女子的眼神、肌肉与姿态凝固在画布上,赋予这些女性一种超越时间的理想化的色彩。的确,每一个艺术家心中都有一个理想,而能够以自己的审美体验和艺术手段提炼和反映这种理想,是一个艺术家成功和成熟的标志。

这种理想化的造型方式并非没有潜在的危险,但是高明的艺术家可以在理想化的同时完好地避免作品的造作与乏味,同时呈现出作品应该有的生动性与真实性。就像贡布里希肯定拉斐尔时说的那样:"拉斐尔的作品有一个性质受到他同代和后代的赞扬,即他的人物形象的纯粹美……他有意使用了一种想象的标准美的类型……艺术家试图让自然趋近他们在古典雕塑时所形成的美的理想——他们把模特儿理想化了。"当拉斐尔画完该拉忒亚（指壁画《海中仙女该拉忒亚》）时，有个朝臣问拉斐尔，他是在世界上哪个地方发现了那样美丽的模特儿。拉斐尔说：他并不模仿任何一个具体的模特儿，而是遵循着他心目中已有的"某个理念"。拉斐尔已经不再满足于仅仅忠实地为自然写照。这并不是平常说的"理念先行"或是"主题先行"，而是艺术家对客观物象的一种主观加工，是经过艺术家审美体验和艺术手法过滤之后的艺术形象。在《罗丹艺术论》中，罗丹也说："希腊女子是美的，但是她们的美，大都是存在于表现她们的雕塑家的思想中。"

杨飞云是一个忠实的艺术家，他尊重他面前的模特儿，尊重客观物象的真实性；但他同时又是一个有着深邃思想和表达欲望的艺术家，所以他懂得怎样取舍，怎样提炼，怎样用更简洁、更洗练和更准确的艺术语言来表达他的对象，使他的画作避免陷入一种无聊的细腻和空洞的无所不包。他用他的画笔赋予对象一种理想，但是同时，你会惊奇地发现，杨飞云笔下的女性形象并不是那种甜俗的完美，而是那样真实，那样生动，他在一种理想化的纯粹感中丝毫没有伤害对象的真实性。他的女性形象呈现出一种总体的安详与静谧之美，而且有着东方女性特有的忧郁、诗意和柔和。但仔细品味，你会发现，他笔下的女性各有其性格，他在每一个女性形象中都贯注着不同的神情、不同的内心世界，这个内心世界是经过画家反复凝思和深刻体味过的。正是如此，杨飞云笔下的女性形象才不会显得单薄、肤浅、乏味，而是鲜活、富有生机与个性，到处传扬着一种令人感到愉悦的生命之美。

杨飞云对青春洋溢的女性有着持续不断的表现欲与内在激情，这是他在很多场合直言不讳的。他在作品里成功地塑造了那么多饱满丰盈的年轻女人体，那些女人体简直就是一首首献给生命的赞美诗。罗丹说："真正的青春，贞洁的妙龄的青春，周身充满了新的血液、体态轻盈而不可侵犯的青春，这个时期只有几个月。"我们应该感谢杨飞云，他通过作品，为我们保留了青春女性那一瞬间的灿烂，使人体成为"心灵的镜子"，映照出青春女性富有生命力和诗意的内心世界。罗丹曾经以诗意的语言描绘他所面对的女人体：

> 美，就是性格和表现。而且，"自然"中任何东西都比不上人体更有性格。人体，由于它的力，或者由于它的美，可以唤起种种不同的意象。

有时像一朵花：体态的婀娜仿佛花茎，乳房和面容的微笑，发丝的辉煌，宛如花萼的吐放；有时像柔软的常春藤，劲健的摇摆的小树。

他还引用雨果的诗赞美道：

> 女人的肌肉，理想的泥土，奇迹啊，崇高的精神渗入那不能用语言形容的天神塑造的泥土中……女人的肌肤是这样的圣洁，因为爱情是胜利者，把灵魂推向神秘的床边，竟使人不知道欲情是不是就是思想。女人的肌肤是那样圣洁，竟使人不能不信，当情热如火时，紧抱着的美就是上帝！

在杨飞云那里，女人体成为通往理想中的美的"上帝"的阶梯。在他所塑造的女人体中，你看不到枯燥的理念化的东西，也难以寻觅到经过刻意加工的造型，他像一个虔诚的宗教徒一样面对他的对象，像礼赞一个天使一样礼赞他面前的美丽身躯。1988年创作的《十九岁》，是他最负盛名的代表作之一。这个青春焕发的年轻女子，周身散发着一种罗丹所说的"使人体透明发亮的内在的光芒"。她坚定地站在有着黑暗背景的画面中央，身躯略微向左扭曲着，反剪着双手，好似在做着一件郑重的需要很大勇气才能做出的决定。那坚实的背部、富有弹性的小腿、饱满坚挺的乳房，使这个十九岁的女子如同蘸满了生命汁液的一株蓬勃的橡树。杨飞云以他严谨的写实功底和洗练简洁的艺术手段，为我们呈现了一个少女外在的丰盈骄傲的躯体以及内在的富有魅力的精神气质。

2000年以同一个模特儿为原型创作的《静物与少女》《大山水》《祈祷》这三幅作品，是杨飞云近几年最打动人心的人体作品。与《十九岁》中那个饱满丰盈的人体不同，这个少女的身体尽管也是那样匀称，可是显得那么柔弱，好像一个刚刚进入青春期的少女，神情中还带着一种拘谨与生涩的味道。《静物与少女》中的少女，以一种异常简单的姿势直立在古朴的背景前，双手交叉着置于小腹处，从臂肘的弯曲我们可以推断出她内心略微的紧张之感。如果说《十九岁》中的少女是一株蓬勃的橡树的话，这个静物前的少女就是一株青葱的小棕树。她简洁，单纯，安静的身躯里似乎浸透着一种诗意的忧伤情绪。在《大山水》中，这个少女被安置在颇具中国传统意味的山水屏风前，身体辉映着一种柔和的温暖的黄色光泽。她以手支着下巴，有些不自然地侧躺着，眼睛凝视着画面外的人，似乎在和观者对眸。那种真醇而又忧郁的眼神多么令人感动！而在《祈祷》中，少女下半身浸在水中，似乎充溢着泪水的眼睛向上仰望着，饱满的嘴唇微张着，仿佛在向冥冥中的造物主做着最亲密最虔诚的祝祷。这个少女，周身洋溢着一种神性的光辉，使人不禁遥想文艺复兴时代的那些充满精神性的伟大作品。

高全喜对杨飞云的绘画艺术有着比较中肯精到的评价。他说："毋庸置疑，杨飞云是中国现代油画界的一位扛鼎人物，他的绘画以其纯净的古典主义美质而享誉中国画坛，在他那承续西方古典艺术传统的人物画中，流溢着一个当代中国画者在20年的创作生涯中，因感领一种伟大的精神而生发出来的光荣之美。这种美的纯粹、宁静，吐露着一种生命的真。"

在我看来，杨飞云的绘画不取巧，不媚俗，不浅薄，不造作；他用凝重、厚重的绘画语言，努力造就穿越时代的艺术。他不阿谀他所处的时代，也不盲目追随时代，而是试图超越时代，返璞归真，追随古典艺术的真髓与底蕴，探寻艺术美的永恒之根。中国当代画坛有了杨飞云，似乎就显得厚重一些，坚定一些，从而少了些浮躁与浅薄。

三、淡泊与简朴

最早认识芃芃,当然是在杨飞云的画作中。芃芃可以说是杨飞云画作中最常出现的形象。妻子,对于一个画家而言,可能是最为常见的绘画题材了。因其常见,往往也就难以长时间地激发一个画家的创作激情与冲动。可是在杨飞云的眼里,妻子的形象乃是他不竭的灵感源泉,在这样最熟悉最常见的形象里,似乎隐藏着生命中最大的最隐在的奥秘。美国思想家爱默生说:"我不奢求伟大的、遥远的、浪漫的事物……我要拥抱平凡,我要探索人所共知的平凡事物。"我敢说,那些以芃芃为主人公的画作,乃是杨飞云绘画中最能打动人的部分,《北方姑娘》《唤起记忆的歌》《蓦然》《瞬间的静止》等,即使是言说最普通的日常生活场景,也给人那么温暖那么深刻的诗意的联想。芃芃的眼睛有着一种独特的神情,安静得几乎淡漠,这双眼睛,似乎永远处在一种茫然的遥远的怀想和忧伤的思绪之中。时间似乎在她的眼睛里凝固了,她一个人看着远方或者窗外出神,那种悠远的凝望的姿态感人至深。从中学时代,我似乎就陶醉于杨飞云笔下这种独特的眼神。

但芃芃不仅仅是杨飞云的妻子和画中人,也不仅仅是附丽于杨飞云的一个独特的艺术符号。自然,芃芃在她生命历程中的大部分时间里,都与杨飞云有着密切的关系,说起这种关系,简直可以说是中国艺术界一段美妙的童话。这对丹青眷侣之间发生的浪漫故事,甚至可以写成一部小说。芃芃12岁就在内蒙古遇到了她生命中第一位正式的美术老师,这位老师就是同样生于内蒙古的年轻画家杨飞云,当时杨飞云21岁。这个风华正茂、敦厚老成、才华横溢的年轻人,想必给芃芃幼小的心灵带来深刻的影响和感召,这种感召,把原初的对于艺术的好奇与热爱深深地埋藏在了这个小女孩的心里。在这短暂的学习时间里,杨飞云带着芃芃以及其他热爱艺术的孩子,在晚上和假日饶有趣味地画石膏、画素描头像,有时候兴致忽来,杨飞云会带着这些孩子到车站等地方画旅客,画形形色色的真实人物,偶尔也会出城画风景。在芃芃的记忆里,那是一段何等美妙的少年时光。

从12岁到15岁,在一个少女成长的关键时期,芃芃有幸遇到杨飞云这样的老师,也有幸一直沐浴在这样一个富有纯正艺术气息的氛围里,享受生命和艺术带来的双重宝贵赐予。我们也可以大胆猜想,就在这个时期,芃芃的内心世界也有了一种特殊的朦胧的温暖情愫。1978年,杨飞云幸运地考上中央美术学院，芃芃的美术学习生涯遂告一段落，1979年她在杨飞云的鼓励下报考中央美院附中，未被录取。两年之后，她以优异的成绩考入北京中医学院中药系。大学毕业后，1986年，芃芃与杨飞云结婚，那年芃芃23岁，杨飞云32岁。我们无从了解这十多年所发生的故事的所有细节，也难以描摹在这故事中男女主人公的心路历程，可是单单这个过程本身，该是多么富有诗意！就像一个传奇，或者就像琼瑶笔下的浪漫故事，从芃芃12岁第一次生涩地站在一个陌生的兄长面前的时候，这种奇妙的缘分就展开了，我们不能不说，这是生命的缘分，这是神在冥冥中的赐予和祝福。

芃芃从此生活在一个艺术的圈子里。在中央美院这片狭小的地方，十分密集地生活着当代很多大师级或即将成为大师级的画家。时常与靳尚谊先生、詹建俊先生这些前辈大师往还、拜访他们富有艺术气息的画室，以及与同样生活在美院的一批崭露头角的年轻教师（如王沂东、陈文骥、曹力、尤劲东、徐冰、吴长江、朱青生、周彦等）的密切交流，使芃芃无时无刻不生活在一种艺术的熏陶中。这些熏陶无形中增加了她的审美经验，也培育了她的审美趣味，使她的审美眼光从一开始就超拔不俗。尽管芃芃没有受到专业的系统训练，但是这种于日常生活中的广收博览、在一个高水准高境界的艺术圈中的长年熏染，却极大地鼓舞和激发了她的创作热情，使她经常有一种重新拾起画笔的冲动。1988年，在她25岁这一年，芃芃辞去在北京中医学院的教职，开始了向往已久的绘画生涯。这一画就是近20年。在这20年中，她随杨飞云看过无数画展，在西方的博物馆和美术馆瞻仰过无数大师的伟大作品，"转益多师是汝师"，她向周围的优秀画家学习，向无数虽未谋面却异常熟识的前辈大师学习，逐步开阔了她的艺术眼界。

与杨飞云凝重、大气、诚恳、庄严的画风不同，芃芃的画风简朴、从容、淡泊、醇厚。2006年初秋，芃芃在国家博物馆举办了名为"质朴与纯真"的画展，"质朴"和"纯真"这两个词，确实非常精炼而恰当地抽象出芃芃绘画的特质。与那些善于把握和驾驭丰富绘画题材的画家不同，芃芃的描摹对象显得非常单纯，她更迷恋于与静物的幽密的交流，擅长于在人们常见的家居景物中发掘秩序与美感。在瓶瓶罐罐、花花朵朵、蔬菜水果之间，她找到了一种特有的色彩的韵律与动感的节奏，她痴迷于这种素常之美，简约之美，质朴之美，不厌其烦地长年描摹，在细微的物体中体味造物的无言大美。

与杨飞云一样，芃芃在其画作中摒弃那种浅薄的叙事冲动。在杨飞云和芃芃的所有画作中，你看不到宏大的叙事，看不到画家故意设计的故事情节，他们试图仅仅用色彩和造型的力量来展现美的内质，而不是借助于明显可以把握和理解的主题性情节。在这一点上，这对丹青伴侣的价值观是一致的。不能不说，这种绘画中的价值取向是与他们的性格分不开的。艺术史中画家性格与绘画风格的关系，一直是聚讼不已的话题。在我看来，性格即风格。同为文艺复兴巨匠的米开朗琪罗和拉斐尔，前者性格放旷不羁、特立独行，而后者敦柔娴静、处世圆融；在艺术风格上，米开朗琪罗在绘画和雕塑中创造了大量刚健粗犷、富于生命张力的巨人形象，其在西斯廷教堂天顶绘制的巨作《创世记》充分表达了他内心的力和英雄的气息；而拉斐尔的性格使他的画作更充满了温和与柔美，那种和谐与静穆的艺术风格使他在艺术史上成为一种不可替代的艺术象征，他所创造的静雅温柔而富有平民气息的圣母像成就了另外一种完全不同风格的经典。在理解了同雷诺阿交谈的无穷乐趣，同时又理解了凡·高的高傲紧张的性格之后，你大概就会理解，为什么雷诺阿的画面中会出现那么多恬美的、洋溢着青春生命力量的女孩形象，而凡·高的笔下却出现了那么多色彩对比强烈、造型诡谲的画面。性格即风格，验之于古今中外美术史，往往皆然。

芃芃和杨飞云的性格有共同的地方。他们都是那样内敛而不张扬，从容而不局促，似乎你在任何时间任何地点看到他们，他们的脸上都是那种安详的笑容，毫不夸张，毫不造作。如同一棵树的成长，他们赞赏那种缓慢的、踏实的生长方式，他们共同厌恶那种浅薄的嚣张与伪艺术家的张狂。他们的装束与举止中规中矩，在他们身上，你看不到丝毫的所谓艺术家的习气。他们共同酷爱那种踏实的、真诚的、长时间的、辛苦的艺术劳动，只有这种看起来迟缓的持续的劳动，才能使他们的工作富有价值。

正像诗人里尔克在述说罗丹看到田野里的耕牛后的感受时所言："罗丹欣赏这种迟缓，赞赏这迟缓中的细节的丰富性。然后罗丹说：'这里的一切都秩序井然。'"在芃芃和杨飞云的诚恳的劳动里，他们创作着属于自己的秩序。而一切，在他们的手里，也确实都秩序井然。外界的喧嚣和潮流的消长，在他们的面前消失了，他们的眼睛变得单纯，他们忠实于内心的秩序，对外界的一切敬而远之。

正是由于芃芃和杨飞云这种性格，他们的画作呈现出罕见的单纯之美，但单纯不是浅薄，芃芃和杨飞云的画，单纯里面透露出一种厚重和沉重，自然摒弃了浮泛的格调。杨飞云的画不必说了，他的每一笔似乎都经过再三斟酌，画面显得极为稳重，耐看，即使是一幅非常简单的肖像，也仿佛蕴含着丰富的内在精神。芃芃的静物，尽管是一些简单的蔬果与瓦罐，可是在这单纯之外，却有着一种经过沉思之后所展现出来的"重"。那些花朵与瓶子，似乎有了一种内在的丰富的精神行动，通过画面与观者沟通。

芃芃画得很慢。杨飞云在一篇文章里说："芃芃天性好静。画画对她来说是享受一种纯粹状态下的全然投入。她画一幅小画的时间常常超过我画一幅大画的时间，动辄月旬，从不愿意把一块未经内心审视和理性过滤的色彩放在画布上。她满足于以单纯和稳定的物象来完成她对油画的全部兴趣。"

芃芃的画作，表面看起来并不精致，那明显可见的大笔触，在画面上留下清晰的痕迹，似乎每一笔都是经过深思熟虑之后果断地平涂上去的，毫不犹豫，信心十足。从总体来看，那些静物呈现出一种整体上的和谐感，色彩、体积、构图，都找到了最恰当的表现，然而她又完全不理会细节的真实，不拘泥也不流连于对细节的描绘。

伟大的画家在细微的事物上最能够发现绘画的本质和

美的本质，这也就是"从一滴水中照见世界"的意思吧。塞尚不厌其烦地画了很多苹果和静物，莫奈则迷恋于描绘草垛和莲花在不同季节的光影变幻。但是很显然，塞尚的苹果不是那种可以引起食欲的水果。塞尚说过，如果你把一个苹果画得使观者产生吃它的欲望，你就失败了。塞尚的苹果，更强调形体的结构，强调表面的质感，强调一种空间感。芃芃非常欣赏塞尚。在别人看来，塞尚是一个枯燥的、乏味的、制造离奇结构和灰暗色彩的画家，而芃芃却沉浸在塞尚的世界里不能自拔。芃芃用大的笔触，清晰交代出静物的空间关系，那种明朗与果断在静物画家那里是不常见的。她不追求形似，不追求表面色彩的逼真与华美，她更重视静物的内在的"质"。所以看她的静物，一朵花，一个水果，一只瓶子，都那么和谐地与周围的物件融合在一起，似乎在做亲密的交谈。

值得一提的是芃芃近年在京郊和俄罗斯所作的风景画。与列维坦和谢罗夫等的风景画不同，芃芃的风景画仍然显示出她的简洁与朴质的作风。她善于大胆地省略很多不必要的细节，只抓住风景中最能打动观者心灵的东西。就这一点而言，可以说芃芃真正把握了塞尚绘画的真髓。那种印象主义和主观主义的风景画风，强调画家的心理感受与主观意愿，而不是强调客观描摹真实世界的景物本身。齐白石说，"作画妙在似与不似之间"，实在是道出了中国绘画的精妙所在。实际上，这也是一切美的绘画作品的共同特征，只有那种反映画家心灵感受的画作才能引起观者的共鸣，而那种自然主义的画作却难以做到这一点。平庸的画家求形似，而高明的画家强调心灵的感悟；平庸的画家靠手画画，而高明的画家靠心灵画画。

四、仰望与感恩

高全喜曾经这样评价杨飞云："读杨飞云的作品，我们固然可以感受到他那无与伦比的艺术技法所带给我们的审美快感，但如果敞开我们的另外一双眼睛，就可以看到在他的作品中，流动着对于生命奥秘的去蔽、观照、呈亮，甚至感恩。"我觉得这是对杨飞云最准确的评价。

艺术来源于感动。一个在自己的绘画世界中难以找到感动与激情的画家，不会成为一个好画家。但是感动来自心灵世界深处的信仰，而不是来自面对绘画对象的冲动。这里就牵涉到一个画家或者说一个广义上的艺术家的信仰对他的艺术作品的影响。

信仰与艺术密不可分。真正伟大的艺术家，其最强大的创作动力必定来自他的坚实的信仰。这种信仰为他创造了一个新的带有象征意义的世界，使他在面对任何一个物象（有时即使是丑陋的物象）的时候，都能够升腾起一种宗教的情怀，从而以一种艺术化的手法来表达内心的感动。在凡·高笔下，普通的邮递员、医生、播种者、吃土豆的农民，甚至处于社会底层的妓女，都那样感人至深，那些由鸢尾花、向日葵、麦地组成的普通景物竟能如此打动我们的心灵。罗丹的雕塑《老妇人》，那种扭曲、衰老的嶙峋的形体却打动了无数观者。为什么会有这种现象？最深层的根源在于，画家内心深处的感动会自然倾注到他的绘画对象上去，因此决定绘画是否伟大的要素不是绘画对象是否光辉灿烂，而是画家内心的感动和感恩。画家不同凡响的心灵世界使他点石成金。

杨飞云和芃芃在很多文章中表露一种虔敬、深沉而朴质的感恩之心，一种在造物者面前的谦恭的心态。这种心态使他们与一般的仅仅追求技法的艺术家区别开来。在杨飞云和芃芃看来，艺术并不仅仅是美丽的形体与和谐的色彩，艺术也不仅仅是画家向世界呈现美。艺术实际上是一个画家仰望上帝的方式,画家不仅用手作画,更是用仰望的眼睛与心灵作画。

一个没有信仰的艺术家,我们很容易发现其作品的内在的空洞、苍白与轻浮;相反,在那些伟大的艺术家那里,即使最普通的物象也充溢着一种深沉而凝重的精神。画家的境界高下,评判的标准也在于此。

杨飞云看重技巧,但不过分强调技巧。因为他深知,假若没有更深广、更厚重的关怀支撑,假若没有谦卑的仰望的心灵充溢其中,再高明的技巧都是没有意义的。

五、回归与再生

中年往往是人生的转型期。一个画家,从困惑、徘徊,到反省、沉思,再到顿悟、觉醒,是一个自然的过程,最终仍要归于一种淡定、从容、"随心所欲而不逾矩"的境界。

杨飞云和芃芃一直坚持着学院式的室内作画的习惯。室内作画有其优势,就是绘画环境和对象的可控性,但室内绘画也有其局限性。室内绘画的可控性在某种程度上削弱了物象的生动性,使得阳光下的真实物象在室内失去了原有的灵动自然和本真状态。当一个人，从真实世界中来到画家画室的时候，他已经不再是一个纯粹的物象，而是一个受到环境影响的被描绘者。画室中的不真实的情境对被描绘者的潜在压力和影响是非常巨大的。

这也就是印象派画家号召画家走出画室的原因。走出画室，来到阳光下，描摹最真实的景物和人，做一个真实世界里的观察者，成为画家们内心的强烈呼求。真实世界的艺术和幻美世界的艺术是不同的，它给予人的感动也是不同的。石涛"搜尽奇峰打草稿"，是为了摒弃四王以来室内虚拟山川的萎靡画风，而焕发真正的山川之美。画家必须描绘真实的阳光和人类生活，必须从高蹈超脱的纯艺术语言走向挖掘真实生命痛苦与欢愉的生命语言，这是一个艺术灵魂必然经历的升华。伦勃朗那些自画像为什么那么撼动人心？因为那些自画像反映了画家真实的内心挣扎与苦难。那些成就卓著的画家，无一不是在古典精神的引领下走向真实生命的言说，从最深厚的时代生活和精神中寻求永恒的美学意义。

杨飞云也谈到他近几年的转型。他说："画了20多年的画，还是想有一些改变，比如风景是最近几年才开始画的。我想以后变化会越来越主动，会越来越明确，在技术、综合的细节，表现的细微方面不会太改变多少，在艺术的内在表现力上，会逐渐改变。"

这种内在表现力的变化，实有赖于画家由室内走向室外，由学院走向更为广远、更为开阔、更为真实、更为深厚的世界。杨飞云和芃芃已经取得了令同行尊敬的成就。我们期待着这一对丹青眷侣有更高的仰望，实现更深远的艺术追求。我们期待着他们经历沉思与反省之后，能够有更新的面目，依旧以从容淡定的精神为中国艺术界贡献值得珍藏的作品。

2006 年 10 月 3 日初稿
10 月 27 日定稿于燕园未名湖东岸

大道至简,大美无言

——为民先生侧记

一

己丑仲秋,香山的红栌正叶色斑斓的时节,我陪翁图先生和为民先生到山麓的伊思茶苑吃茶。入夜,竹影摇窗,四围静寂,茶桌边谈茶,吟诗,说壶,论北大掌故,聊前辈逸事,享受浮生难得的一日清闲自在。翁图先生手书"卧松观山"四字,墨色淋漓,正合香山饮茶之隐逸趣味。

是日为民先生谈兴甚浓,兴之所至,随口吟出茶诗旧作数首,为此次雅集倍添诗趣。其一《秋日武夷山天心寺所作》曰:

五象山幽桂子香，
禅风寂寂好清凉。
乳花照见天心月，
满目秋林自在黄。

为民先生的茶诗清淡，清奇，清幽，颇有禅味，深得赵州和尚"禅茶一味"之真趣。赵州和尚是河北柏林禅寺的开坛祖师，习禅的人问他："如何是禅法？"他常常说："洗碗去！"再问，便说："扫地去！"习禅的人责问他难道除了洗碗扫地以外没有禅法了吗？赵州和尚不客气地说："除了洗碗扫地之外，我不知道另外还有什么禅法。"

赵州和尚说的"吃茶去！"也是一样的意蕴。修行者，藏于庸常的琐屑生活中，就如大珠慧海禅师说的"饥时吃饭，困时睡觉"。为民先生对此深有所悟。2006年，为民先生到柏林禅寺，与住持明海法师彻夜长谈，饮茶论禅，乐而忘返。两个人在赵州和尚的金身坐像前谈茶，明海法师用一把普通的紫砂壶泡茶，对茶具也不甚讲究，只要能喝茶即可。次日，为民先生写了一首绝句《柏林禅寺吃茶》，诗曰：

> 为去吃茶客赵州,
> 庭前柏子古重楼。
> 禅心寂定煎花乳,
> 意绪随风竟自游。

"禅心寂定"是静,"意绪随风"是动;"禅心寂定"是内在的沉潜修行,"意绪随风"是外在的飘扬灵动。动静之间,从容游走,乃一个人品格涵养的极高境界。

2008年,为民老师请季羡林先生为他主持的茶会题字,年届九七高龄的季先生写了两个字:"谈茶"。这两个字极有韵味,耐人品读。几百年前,赵州禅师说"吃茶去",开创了"禅茶一味"的茶学传统;今天,季先生写"谈茶",更是把文人饮茶提升到一种形而上的境地,赋予茶艺与壶艺以更高的精神内涵。

为民先生平时与人吃茶,极厌吃茶者在品茶中乱谈股市房市之类俗事。在他看来,吃茶是一桩清心雅事,大家在吃茶中谈茶论诗,超脱于尘俗之外,陶醉于禅境之中,方能提升格调,荡涤心灵。他在一首茶诗中说:

> 魏晋为学妙在玄,

名流大雅尚清谈。
俗尘不适寻真趣，
煮水烹茶饮正酣。

陶潜诗云："少无适俗韵，性本爱丘山""此中有真意，欲辨已忘言"，为民先生在饮茶中摒弃俗尘，寻觅真趣，正得魏晋名士之妙处也。

为民老师倡导的谈茶会，可以说复兴了中国文人的精神传统，还原了中国文人的生活景象。现代知识者的生活，粗砺、浮躁、功利，失却了以往读书人生活的淡定、安详、从容与雅致。谈茶会试图回归传统文人的生活态度与节奏，使我们的心灵重新得到安顿与栖息。

二

要谈最近三十年之北大掌故，为民先生恐怕是最当仁不让的人选。他早年中文系毕业后即在北大校刊服务，后执掌校刊十余年，与北大学者有着广泛而深刻的接触。我在他家里看到他与很多老先生的合影，其中一张是为民先生推着季羡林先生在湖边散步,季先生神态安详而从容,为民先生则恭谨而亲近。这是很美的一幅照片。

为民先生平生最为得意之作是1988年北大九十周年校庆时所编辑出版的《精神的魅力》。可以毫不夸张地说,这部由众多著名学者撰写的文集,可能是北大历史上最经得起时间考验的出版物之一,也是诠释北大精神最为生动的出版物之一。在这些作者中,最大的是年已九旬的梁漱溟先生,最小的是时年十三岁的北大学生田晓菲。最近,北大出版社庆祝复社三十周年,副总编张文定先生约我写一篇文章。我在文章开头就写道:

> 二十年前考入北大,最早读到的北大出版社的两本书,是《精神的魅力》和《燕园史话》,这两本书都是1988年出版的。前者为北京大学庆祝建校九十周年而编辑的纪念文集,里面收录了梁漱溟、冰心、冯至、张中行、费孝通、季羡林等大师的文章;后者是我国历史地理学先驱侯仁之先生对燕园风物与历史的简约而传神的描述。可以说,北大出版社的这两本书,是我认识北大的起点:从《燕园史话》中,我认识了燕园

的亭台楼榭与风物变迁，而从《精神的魅力》中，我认识了北大的内心世界。感谢北大出版社，正是这两本已经书页发黄的小册子，奠定了我理解母校的基础。

在《精神的魅力》的扉页上，写着这样一段话："这真是一块圣地。近百年来，这里成长着中国数代最优秀的学者。丰博的学识，闪光的才智，庄严无畏的独立思想，这一切又与耿介不阿的人格操守以及勇锐的抗争精神相结合，构成了一种特出的精神魅力。科学与民主，已成为这圣地的不朽的魂灵。"据我所知，这段话是出于北大中文系谢冕教授之手。这是我至今读到的对于北大精神最优美而深刻的解读。

而《精神的魅力》的策划者和主要编辑者即是为民先生。因此，虽然为民先生并非作者之一，可是《精神的魅力》本身也是他用心成就的作品。窃以为，这是为民先生对母校北大的一个很大的贡献。当时的丁石孙校长在样书出来后当夜就一口气通读了全书，第二天，他在一次会议上说："以前别人问我，什么是北大精神？说实话，我作为一校之长,却觉得说不清楚。现在我有办法了,如果有人问我北大精神,我就会说,你去读读《精神的魅力》吧,读完之后你就会明白什么是北大精神了。"

20世纪80年代是一个思想解放的时代,人民从思想的桎梏中解脱出来,思想界焕发着前所未有的生机与活力,这活力感染着当时刚过而立之年的为民先生。1988年为民先生创办北大校刊的理论副刊,约请当时思想界的一些著名人士撰写理论文章,探讨中国发展前途。尽管理论副刊在出版13期之后就停办了,但是它却是一个时代的印记,是北大历史上不可忘却的一段记忆。谈到这些往事,为民先生总是激情洋溢,逸兴遄飞,似乎又回到了那个令人向往的时代。谈兴浓处,可以说是眉飞色舞,与他平时内敛含蓄不苟言笑的作风截然相反。正所谓:

惟大丈夫能本色,
是真名士自风流。

三

茶艺与壶艺，与任何艺术一样，其实质都是在追求突破人类所处时空之局限，而与古人相呼应，与另一些时空的灵魂相沟通，此所谓"与天地精神往来"，此所谓思接千载目极八荒。陈子昂有诗云："前不见古人，后不见来者。念天地之悠悠，独怆然而涕下。"而艺术则可沟通古今，使人的心灵冲破时空之桎梏。小小一把茶壶，此时已不仅仅是饮茶的器具，而是与中国历代文人和思想者对话的媒介。

当你在深夜之中，将一把宜兴紫砂壶握在手里把玩的时候，也许你会想到苏轼的"松风竹炉，提壶相呼"以及他在蜀山讲学时所创的提梁壶，或者想到他把佳茗比作佳人的幽默诗句："仙山灵草湿行云，洗遍香肌粉未匀。明月来投玉川子，清风吹破武林春。要知冰雪心肠好，不是膏油首面新。戏作小诗君勿笑，从来佳茗似佳人。"或者你会想到西泠八家之一的陈鸿寿，想到他泛舟西湖、作画、吟诗、泼墨作字、横刀刻章，想到他创制"曼声十八式"，开文人紫砂壶艺之先河。在夜读之余，偶一瞥见灯下的茶壶，看着壶身泛起的清幽之光，自有一种与古人悠然神会之乐，此时时空消逝，古今相融，此中乐处不足为外人道。

茶壶虽小，其意深焉，其境大焉。小小茶壶，映射千载历史，也融汇众多的文化内蕴，所谓"纳须弥于芥子"也。为民先生的制壶，非仅玩赏也，非玩物丧志也，而是经由壶而品味人生，涵养人生，解悟人生。由壶而至茶，由茶而至诗，由诗而至禅，由禅而至生命感悟。紫砂壶，如果仅仅停留在物质的形而下的层面，而没有上升到精神的形而上的境界，那它永远只能是匠人的东西，脱离不了寻常日用的范畴。为民先生涉足壶艺，在圈内颇有影响，客观地说，他的理念拓展了紫砂壶的表现范畴，赋予了紫砂壶以形而上的意蕴。

为民先生有一首七律很有神韵，是他经由茶和壶而对人生的形而上的解悟：

不苟俗尘素业隆，

欢欣寂寞苦茶中。

红炉点雪难留迹，

娇女吹嘘肯用功。

身有所依皆挂碍，

心无臆想自神通。

一壶了却千般累，

月白风清万里同。

"身有所依皆挂碍,心无臆想自神通。"壶艺至此,可谓通者。

四

为民先生的壶艺,一言以蔽之,是"简"。简洁、简约、简朴、简淡,朴厚无华,耐人品读。他的壶,浑然一体,舒展自如,蕴藉而不失华美,简朴而不失厚重,端庄而不失灵动,精巧而不失大气,其气冲和而内敛,却又显得光彩焕然,神完气足。置于案几之上,斗室之中顿增诗书雅气。正所谓:

> 为有才华翻蕴藉,
> 每从朴实见风流。

为民先生的为人也很"简",他低调,平和,言语含蓄,不事张扬,举止娴雅有古风,待人亲切而有矩,处事稳健而练达，行藏出入之间从容中庸。作为北大的新闻发言人，他的这种气质与北大是很相合的。壶如其人，诗如其人。他为他的壶命名为"未名壶意"，取"未名湖"之谐音，也是"为民"之谐音，同时也透露出制壶者不求名利、甘于未名、淡泊沉潜的心态。

为民先生设计的紫砂壶，其气质都是非常简洁而含蓄的。他非常强调传统，但又常常在壶的设计上抒发新意。他非常重视中国紫砂壶几百年传承下来的文化传统，非常重视中国茶文化上千年积淀下来的悠久传统。经由历史洗淘沉积下来的传统，是美的精华，是中国文人美学精神的精髓，所以任何无视传统的所谓创新都难以在历史中留下痕迹。

在一次紫砂壶研讨会上，为民先生发表了这样的看法："有传统的元素才有紫砂美，而现在很多壶为了追求新奇，做的东西往往失去了很多内在的神韵，好像做得造型越怪越好，但往往显得很浅薄。"

为民先生也强调制壶中理解把握茶文化的重要性。道理何必多说？壶是用来喝茶的，不是用来挂在墙上或者摆在博古柜上的。壶的这种饮茶功用就注定了有两件事情是不能不考虑的：一方面，在物理造型中，壶的制作要强调其适于冲泡茶叶的一面，其壶嘴、壶身、壶盖、壶把都要符合这个基本需求，一把壶，握在手里或者端在手上，要有舒适怡然的和谐美感，壶要有比较到的冲泡空间，使得茶叶在壶身中能够尽量舒展，最大限度散发茶叶的自然香气；另一方面，在壶的精神层面中，一把成功的壶要体现中国茶文化中"平和静寂"的精神特质，要使饮茶者精神怡悦，心灵淡定舒张。比如他制作的"经纶壶"，壶身浑圆，线条柔和娴雅，贮水空间十分饱满；壶盖微鼓，颇有怡然自得的神态；壶嘴壶把都极舒展，又极含蓄，显示出一个满腹经纶的文人雅士的怡悦心态。"经纶壶"既符合壶的物理特性，又体现出制壶者和饮茶者精神层面的追求，把形而下的功利性和形而上的心灵观照结合得很完美。

也是在那次紫砂壶研讨会上，为民先生说："壶首先肯定是为了茶而存在的。这个茶文化的精神不应该忘记，我觉得宜兴的做壶人首先要懂得茶文化、理解茶文化。中国的茶文化首先有一些东西是固有的，例如喝茶重视人的心境平和，而我看到有一些壶上的装饰刻绘就违背了这一点。并不是所有诗歌都适合刻到紫砂壶上去。譬如有些人把岳飞的《满江红》刻在壶上面，壶的本意是让人心平气和，而这首词里说的'壮志饥餐胡虏肉，笑谈渴饮匈奴血'，跟茶文化的精神便有冲突。"

茶和壶,都有自己的文化属性。这个文化属性不是哪个人强加的,而是饮茶人的精神需求所决定的。《满江红》是爱国好词,但不能放在茶壶上;正如读书人在书房中要挂王羲之的《兰亭集序》,而不能挂颜真卿的《祭侄文稿》,尽管《祭侄文稿》也是书法妙品爱国妙文。

五

为民先生吃茶,对于水很讲究。近十年来,他一直从香山山麓汲泉水泡茶,从未间断。我想,为民先生意不在水,而是在求一种心境,一种暂抛尘寰、返璞归真的心境罢了。正所谓:

> 汲泉香山麓,参禅尘世中。

那次香山雅集之后,我于当夜涂了一首五言《与翁图师为民师香山饮茶即事》,权当这篇小文的结尾罢:

> 竹轩围素友,
> 麓下试老茶。

煎罢小龙团,
清芬溢齿颊。
岩间松风起,
畅怀诗兴发。
万事皆适意,
随缘即禅家。

    2009年10月2日于西二旗蜗庐

美美与共,古意新风

——吴泽浩先生绘画初论

感谢山东省社会科学界联合会邀请我来参加这个研讨会,这对我来说是一次非常宝贵的回家乡学习艺术的机会。刚才我细细品读了吴泽浩先生《粤风鲁韵》书画展中三百余幅精品巨作,体会到大师锲而不舍的创作精神,感受到吴先生苍茫大气的大家气象,很受震撼。我要向吴老师的艺术成就表达崇高的敬意,也希望借这个机会将我关于艺术的一些心得与在座的前辈与同人分享。

十八大提出建设"文化强国"的宏伟目标,这对于从事文化研究与艺术创作的人来说是一个振奋人心的事情。但我觉得,文化自强必须来源于一种清晰而深刻的文化自觉,如果没有对本民族的一种高度的文化自觉,如果不深深地理解、认同、挖掘本民族的文化传统,那还谈什么文化自强?文化自觉才会有文化自信,才会有一种深深的认同感与自豪感,从而也才会产生传承弘扬优秀文化传统的责任感与使命感。比如我们山东有博大精深的齐鲁文化,五千年以来,齐鲁文化对中华民族的文化传统与价值观的形成产生了不可估量的影响。但是我们对于齐鲁文化的理解、挖掘以及现代性转化方面都做得不太够,齐鲁文化在全国的影响力还有待提升,齐鲁文化的底蕴与根基很深,我们的潜力很大,但现在的挖掘还没有达到一定的境界。这就说明我们的文化自觉还不够。我们要把山东建成文化强省,首先就必须具备这份深刻的文化自觉。同时,有了文化自觉,还要有文化自新,要在创新上下苦功,才会在传承中有发展、有弘扬、有进步。因此,这四个"自",即文化自强、文化自信、文化自觉、文化自新,是互相贯通,互相促进,互为因果的。

刚才聆听了吴泽浩先生对自己六十年艺术生涯的回顾,感触很深。一个艺术家,必然经历过长期的身心痛苦,必然经历过大量寂寞而艰辛的劳动,才能达到一定的艺术高度。吴泽浩先生身上体现出接受新中国教育的最早一代人的成长历程,他的艺术道路与艺术追求带有鲜明的时代特色，同时又与他个人独特的生命历练密切相关。我体会，吴泽浩先生的绘画艺术体现出以下一些特点：

第一，吴泽浩先生的艺术体现出岭南文化与齐鲁文化的交流与融合。吴泽浩先生早年师从岭南画派诸大师，如关山月、黎雄才、杨之光，岭南画派不但继承了中国古典山水人物之精神，而且广泛汲取西方艺术之有益营养，故而形成自己的面貌。吴泽浩先生的山水画与人物画艺术极明显地带有岭南画派的雄秀洒脱、俊逸灵动之气，用笔酣畅而动感十足，墨色淋漓，富有生命气息，极能感人。同时，吴泽浩先生居于齐鲁凡四十五年，长期浸润于齐鲁文化与风物，这又陶冶了吴泽浩先生雄浑、博大的精神世界。他极好地吸收了齐鲁文化深厚的韵味，其艺术更显苍茫大气、沉着深莽、气势磅礴、极富底蕴，而不是流于张狂、粗放与肤浅。尤其他的山水画，浑厚华滋，于灵动中蕴深厚之气，在俊逸里透出一股苍茫老辣之气，有一种雄强气魄、伟岸气象。这是南北文化交融、熔铸之结果。

第二，吴泽浩先生的绘画艺术是古意与新风的完美结合。一个以水墨为工具的中国画家，如果其作品完全体现不出古韵，则必然根基肤浅、韵味不足；但是一个艺术家如果一味摹古、师古、泥古不化，完全是一副古人面貌，而没有时代的特色，没有形成自己的面貌，则他仅仅勉强算是一个古代艺术的高明复制者。吴泽浩先生的山水人物，皆古韵十足，无论画泰山烟云松柏，还是画孔子、苏轼、姜尚等先贤，都可明显感受出他对中国古典文化与艺术精神的传承，这就使他的作品有一种深厚的历史感，一种与时尚保持距离的纵深感，一种洋溢着中国传统韵味的古典风貌，这种风貌加深了他的画作的审美情趣与意蕴，使作品耐人咀嚼与回味，不至于一览无余。同时，他的作品又新意盎然，这不但体现在绘画内容上，还体现在他对技法的探索上。他的山水，可以看到关山月诸大师的潜移默化的影响，但是他又有自己的创造与独特心得。尤其是他画雪山、草地等在万里长征采风途中所看到的景物时，几乎完全陶醉在水与墨、笔与纸的自由而狂放的融化之中，完全突破了传统山水画的皴染技法，抛弃具象，追求介于具象与抽象之间的笔墨效果与构图效果，酣畅淋漓，天人合一，物我俱化，令人神往。这是一种全新的绘画语言，是长期熔铸古法又师造化的结果。刚才吴泽浩先生说"艺术家不能离开时代"，这也就是前人所说的"笔墨当随时代"，要展现时代风貌。

第三，吴泽浩先生的艺术创作又具有多元、全面的特点。他在山水画、人物画方面均有很高成就,又广泛涉猎花鸟画等领域,可谓众体兼备,属于全能型的画家。他既能创作气势雄浑的巨幅大作与史诗性作品,也能创作极具韵味、极有诗意与灵感的小品。另外值得一提的是,由于有早年工艺美术的功底,他的绘画做到了准确的造型能力与笔墨情趣的比较完美的结合,做到了雅俗共赏,既有传神的人物造型,又有文人画的意境与情趣,实现了"草根意识"与"贵族精神"的统一。

下面,我想就画派问题谈谈我的粗浅看法。刚才吴泽浩先生和山东艺术学院单应桂先生两位前辈大师都谈到对于齐鲁画派的观点,我深受启发。从历史上来看,画派的形成有其复杂的历史、社会、文化、地域根源,呈现出一定的历史规律。我体会,一个画派或艺术流派的形成必须具备几个重要条件:

一是必须要有一批或一个能够开宗立派、独树一帜的巨匠式的领袖人物,在这批(个)有巨大影响力与感召力的领袖人物的长期带领之下,才能形成一个画派。比如说南京的艺术家在傅抱石这样一个大师、巨匠的深刻影响和长期引领熏陶之下,形成所谓金陵画派,如果没有傅抱石,也就谈不上金陵画派。

二是要有相对一致（不能追求绝对一致）的艺术价值取向。一个画派要形成自己的独特面目，必然有其独特的艺术价值取向，此所谓"志同道合"。如海派画家，从赵之谦、任伯年、吴昌硕、刘海粟、朱屺瞻等大师来看，他们的具体艺术风格尽管非常不同，但是都极为强调中国传统笔墨训练与西方艺术要素的融合，都能够自觉地对中国绘画传统进行大胆革新，这就形成他们的共同艺术取向，从而形成海派。

三是要有持续的一以贯之的历史传承，从而形成一个具有鲜明特色的画家群体。画派要有一代代的有序传承，每一代人既有传承又有创新，这个跨越代际的群体才共同形成一个画派。比如岭南画派，从高奇峰、高剑父那里逐步形成，到关山月、黎雄才、杨之光一辈发扬光大，再到吴泽浩先生这一代的创新与拓展，数代人艰苦努力，才开创了一个画派的辉煌，才被世人所认同、认知。

四是一个画派一般具有地域文化的鲜明特色，受到地域历史与自然风貌的深刻影响。石鲁、赵望云先生开创的长安画派，带有西北风劲苍凉、深厚的地域色彩。而傅抱石先生开创的金陵画派却显现出雄秀滋润的风貌，地域山水之不同显而易见。宋代北派山水一般硬峭刚健、苍茫大气，而南派山水一般草木华滋、山川柔美。近年来东北画派所呈现的雪景之美也极具地域特色，令人印象深刻。

五是一个画派一般都具有技法上的独特性与创新性。比如齐白石先生开创的"红花绿叶派"，一洗文人画的旧习气，开一代新风；比如黄宾虹先生开创的山水画派，在笔法、墨法上均有创新，善用积墨，画面幽深，极有感染力；元倪云林、清初渐江一派简体山水派，逸笔草草，不求形似，与四王开创的繁复山水笔法相映照，各有千秋。

以上五点，是一个画派或艺术流派形成大概必备的要素。当然这些要素并非全部是必要条件，不应机械地理解这五个条件。在谈到画派的时候，我觉得要秉持几个基本的理念：

第一，画派是一个具有相对一致艺术价值取向的画家群体形成的艺术派别，但这个所谓派别并不意味着画派内部整齐划一，不能强求一致。同是扬州画派，郑板桥与金农的风格差异何其大哉！

第二，画派不是画地为牢，切忌持门户之见。要海纳百川、兼收并蓄，不要囿于流派，不要被画派束缚住手脚，要有开放心态。费孝通先生谈及不同文化的交融时说："各美其美，美人之美，美美与共，天下大同。"这在不同画派之间的关系上面，也同样适用。

第三，画派是历史地形成的，是长期大浪淘沙、不断淘洗的结果，不是一蹴而就的。画院可以在一个早上宣布成立，但一个画派的形成需要一代乃至数代人几十年的长期努力才能自然形成。拔苗助长不行，空喊口号不行。刚才单应桂先生所持的"冷静对待画派的提法"，我是非常赞成的。

第四，我们一定要认识到，形成画派是一个群体行为，不是个体行为，不是一枝独秀，要有上下传承，有互相汲取。我们认为，要形成真正的齐鲁画派，齐鲁艺术家们必须凝聚力量，互相切磋，互相扶持，彼此团结，同时要对齐鲁文化有更深更广的体验与挖掘，这样奋斗下去，才有希望形成一个画派。

最后，即席赋诗一首呈送吴泽浩大师：

师古师今师造化，
岭南齐鲁熔一家。
深厚华滋大气象，
淋漓笔墨写心花。
浩然之气开胸襟，

泽及后续胜晚霞。
古稀更喜身手健,
再行万里傲天涯。

鼎彝精神，汉唐气象

——宗康金文书作北大展序

壬辰秋日，余游长安，居终南山，得识碧禅居士。观其书作，气象之伟岸，韵致之高古，实摄人心魄，海内罕见。癸巳春，碧禅居士访燕园，相晤数日，朝夕茶叙，遂对其人格书品体悟益深。

夫艺术大家之成长，必仰赖诸要素之合力，撮其要者有五：

一曰功。功者，功夫也，毅力也。碧禅居士醉心篆籀凡三十余载，朝斯夕斯，兀兀穷年，锲而不舍，其毅力诚可钦敬。可染先生有言："以最大之功力打进去，以最大之勇气打出来。"书法艺术博大精深，舍苦学难臻大成。

二曰才。才者，才华也，才情也。有功力而无才华，仅可得小成，难为开宗立派之大家。碧禅居士幼承庭训，其父邱星先生乃金文书法一代宗匠，父辈之教诲熏染，使其眼界襟抱自少年时便卓然不群。碧禅居士能诗能画，才华横溢，又极富生活情趣，平素莳蔬植藤养花观鱼，才情毕具，滋养身心，其书作遂风格独特，极富文人气息。

三曰胆。胆者，胆略也，勇气也。艺术家无胆魄，徒知循规蹈矩、摹写前贤，则必死于古人笔下。观碧禅居士之金文书作，其传统功底自不待言，更可贵者，在于其能跳出古人藩篱，自出机杼，与古为新，达到传统功底与时代风貌之完美融汇，其创新之功诚可嘉也。如白石老人所言之"胆敢独造"。今之金文书家，徒知古人范本，动辄曰缶庐沂孙石如之谦，摹写一世，亦难立自家之面目，悲哉！

四曰养。养者，学养也，修养也。习书道者，若无丰赡之学养，无人文之修养，则其书必无境界，其格调必落下乘。无学养则流为书匠，非书家也。碧禅居士潜心金文研究三十年，于古文字学颇有心得，并有《大篆书艺散论》之学术专著付梓，对于古文字之流变研索甚深，又旁涉诗歌绘画与中西古典文学，故其金文书法之格调远迈时贤，良非偶然也。今之华夏书坛，书匠遍地，而具丰富人文素养与深厚学养之书家则寥若晨星，实堪忧也。

五曰乐。乐者，乐在其中，乐而忘返也。子曰：知之者不如好之者，好之者不如乐之者。此语用于书道，可谓知言。碧禅居士数十载心无旁骛，不为外界所惑，忍耐寂寞，醉心书道，几达忘我无我之境，其动力何在哉？端在一"乐"字也。世间万事，其要在一乐，其难在一乐，其归亦在一乐也。人谓极苦，我独觉至乐，如此方能成一流之书家。

今百幅巨作展示于北大殿堂，观者可略知碧禅居士书风之大概。综而观之，虽其风格多变，然皆于庄严中含灵秀，浑厚中蕴俊逸，雄强而不失婉转，风度壮美而不失洒脱。盖因其祖籍浙地，长于陕西，故能将江南之灵秀婉约与西北之苍古大气融为一体。其金文书法之结体追求朴拙自然之味，力避整齐划一，不矫揉造作，亦不虚张声势，散而能收，张而能聚，舒卷自如，一派生机，深得我商周先民质朴天真之意趣。其整体布局亦章法新颖而灵动，充满张力，字与字之间似离似合、似断似连，纵横交错，顾盼生姿，动静相生，颇契道家阴阳和合之旨。故整篇读来，散而不乱，如满天星斗入怀，琳琅珠列，生趣盎然。

碧禅居士极具革新精神，于金文中常破之以洒脱之行草书，又尝试于书法中融入绘画之意趣，故觉书中有画，书画交映而生辉，从而使其金文书作整合各美学元素，颇具画面感，使观者获得丰富多元之美学享受与视觉冲击。但对于此革新尝试，碧禅居士又极具分寸感，以不损害金文书作浑厚苍茂之总体风貌为旨归，故古意新风相得益彰。

伟大之艺术往往诞生于艰辛困苦，盖无苦难，则无以造就伟大之心灵。碧禅居士早岁历尽艰难，常居仄室，屋小若舟，大雨浸床，亦坦然处之，于风雨飘摇之时仍怡然向道，笃志为学，刻苦自励。处困厄而不移其志，超越小我，不自沦，不自失，磨其骨，励其志，动其心，忍其性，经此底层生活之淬炼，终使其心境豁达，精神刚毅，格局开阔，有大丈夫气。碧禅居士禀性宁静旷放，风操俊伟，盖得之于生命之丰富历练与深刻感悟也。观其金文书作之大气磅礴雄迈今古，想见其为人也！书品即人品，诚非谬哉。

逢碧禅居士金文书作展开幕在即，聊叙数语，并撰诗以贺之：

> 醉心篆籀通古今，周鼎夏彝养精神。
> 堪惊石鼓风骨劲，最爱缶庐面目新。
> 雄强直迈毛公鼎，俊逸深藏散氏魂。
> 书余掷管长吟哦，思越千年诵韩文。

寂寞之道，王者之风

——观汉瑛先生书画有感

初见汉瑛，朋友呼之曰"张疯子"。

疯者，或疯癫也，或疯狂也，历史上之大书家、大画家，无论中外，皆有狂者，疯者，癫者，迂者，如唐之颠张、狂素，如元之倪迂。

汉瑛兄大概当属此列。疯子之名，非言其精神紊乱也，亦非言其为人轻狂也；乃言其艺术创作状态常处于痴醉癫狂之中，沉醉于书画难以自拔，尘俗诸事皆置之度外，整个世界俱抛掷脑后，甚而至于连身家性命都浑然不顾。当此时，独与天地古人精神往来，世间扰攘全似与之毫无干系。

二十多年以来，汉瑛过着一种准隐居之生活，"躲进小楼成一统，管他春夏与秋冬"，与世隔绝，自得其乐。正是"山中无历日,寒尽不知年",他也常有不辨春秋之感,往往不知今夕何夕。蜗居一室之中,无床无榻,忘寝忘餐,生活秩序颠倒混乱,物欲被降至最低限度。困极,则和衣眠于地板之上;饥时,则随意以大油饼果腹。他身上没有名士与墨客之洒脱优雅,而更像是一个破衲芒鞋、随处行脚苦修的苦行僧。古人云"游于艺",他却全无这种"游"的闲适轻松,身上倒有一种为艺术而献身的宗教徒式的悲壮与沉重。

汉瑛之画,多工笔,往往尺幅巨大,气势磅礴,给人以极大视觉震撼。其作猛虎,凛凛然有王者之概。远视之,虎目多作低垂沉思状,深沉肃穆,寒光迫人,而非平素所见金刚怒目剑拔弩张之状,真所谓不怒而威也。汉瑛之虎,正如他对笔者所言,乃立于宇宙之巅之思想王者,非以力骇人之虎,而是以精神摄人心魄之虎也。汉瑛之虎,其毛皆一笔一笔绘出,真可谓一丝不苟、纤毫毕现,质感极佳,故其笔下兽中之王仿佛身躯一抖即可从画中跃然而出,令观者不能不屏息以视。其画一虎,短则累月,长则经年,皆呕心沥血之作,足可传世。

其作巨幅牡丹,画面堂皇妍丽而无媚俗之态,枝叶偃仰交错,花朵雍容华美,当此巨画在偌大画室地板上徐徐展开之时，观者无不咋舌，顿觉一纸清气，满室生辉，煌煌然大观也。其作小幅工笔亦清新可喜，气味娴静，用笔细腻轻灵，构图稳健，有宋人之风，方寸之间皆富神韵，置于宋人中亦不逊色也。

汉瑛本为书家，早年浸淫碑帖，于书道用功颇深，中年后渐成自家面目。他长于行草，所书《前后赤壁赋》流畅而不失庄严，用笔洒脱而有法度，时有赵松雪之柔媚多姿清妍沉秀，时有苏东坡之厚重高古，极富文人字之笔墨趣味。其用笔正侧兼具，藏露并举，不拘一格。吾尝见其所录《道德经》长卷，既有唐人写经之妙韵，又于点画间饶富文人雅致，展读之际，欢喜不已。

汉瑛自言早年曾于魏碑汉隶下过苦功，故得其苍茫雄浑之气，虽作行草，下笔亦不至肤浅。吾尝请益用笔之法，汉瑛云用笔应八面出锋，方有婉转高奇开张之趣。告予曰用笔当求笔意连贯，一画与一画顾盼相属，勿使疏离，如此则结体流畅生动，违此则所书拘束板滞，徒堆砌笔画，而非字也。

综观汉瑛之画艺书道，皆自传统中出，源自传统而有所创造，不乖张，不媚俗，不狂躁，笔笔有来历，而又笔笔有新意，既不偏离传统，而又自出机杼。书法上他上溯汉魏，于宋元以来诸家多有融汇，转益多师，终自成一家。绘画上他直追唐宋，尤颇得宋人静穆高远气象。翁图先生赞赏其尊重传统、求正务本之艺术追求，为其书画展题曰"本源之流"，实在是确当之语、知音之评也。

时人多浮狂，不谙传统，功力浅薄，而侈谈创新，徒费光阴而终无所成。而汉瑛扎根传统，与上下数千年之古人对话，故其根底深厚，天长日久，水到渠成。笔笔有师承，笔笔有家法，并非死于古人笔下，而是于师古中得古人笔墨精神，于摹写中体悟古人胸襟气象，日夜熏陶，渐熔铸自家气质情趣，久之则必脱古人藩篱而出也。以此观之，汉瑛实则并不狂，他在创造中自有法度，在超越中自有底蕴，而非无视传统空谈创新之流。根深叶方茂，源远流自长，此艺术之千古不易之铁律也。

吾读汉瑛书画，感其至诚之艺术家心怀，佩其甘于寂寞淡泊之生命态度，遂撰此文以彰其志。当下书画界浮躁者多矣，追名逐利者多矣，阿世媚俗者多矣，而如汉瑛兄之苦心孤诣用志不分者，鲜矣。慨叹之余，作长句以祝其笔力常健：

如痴如醉如苦僧，时癫时迂时狂生。

笔墨潇散摒俗气，睥睨百世自铮铮。
方与东坡泛赤壁，且伴松雪踏歌行。
高卧云岗听虎啸，斜倚梅鹤寄傲情。
取法乎上追唐宋，其气穆然如清风。
一羽一毫皆不苟，笔墨到处鬼神惊。
最爱牡丹真国色，高古清妍欲倾城。
书画同为寂寞道，守得静气神自生。
兀兀穷年谢尘寰，焚膏继晷忘漏更。
隐居善养浩然气，唯与古人通神灵。
时人嗤誉浑不顾，萧然来去自在行。
丈夫雄视五百年，管教燕雀笑鲲鹏。

2010年元旦于西二旗

高古粹润闳廓奇崛

——《吴守峰山水画集》序

容堂吴守峰先生为中央美院山水画名家。出身东莱世族,耕读传家,贤能者代不乏人。祖鉴堂先生,乃莱州名医,悬壶济世数十载,时人有华佗再生之誉。父世光先生,书画并擅,书宗云峰山郑文公碑,敦穆沉雄,名播海右。守峰幼承庭训,尽得家学,少年时期即受到传统笔墨熏陶,耳濡目染,趣味自然不俗。及冠,初受教于齐鲁,笔墨为之一变;旋负笈于京华,披览古贤圣迹,从游当代高士,识见益增,眼量愈廓,廿载磨砺,画艺精进,大家之风,粲然略备。

山水画最能表现吾国之艺术哲学与文化精神。山水一脉,肇端于六朝初唐,至盛唐李将军父子乃集大成,摩诘始开文人画之先河，五代荆关别创新风，董巨李范大有格局，大小二米李唐马夏之流，笔墨各有独造，俱为宗师。元季王黄吴倪并驱，明代南宗崛起，浙吴争雄，有清三百年几成四王之天下。更有石涛八大横空出世，变通古法，发近世山水画变革之先声。千百年来，山水画流衍递嬗，大家辈出，皆称雄于当世，今人若得出一头地，谈何容易！然一代人秉一代人之风气，一代人有一代人之创造，能挟时代之风潮而融洽古今者，方可成就一家之面目，揆诸画史，此理当不谬哉！

即如当代，山水诸派亦风格迥异，各领风骚。大千之磅礴豪健，宾虹之高古幽深，抱石之洒落奔放，屺瞻之荒率天真，可染之敦穆澹静，寿平之峭拔雄秀，海粟之绚烂沉着，山月之朴茂淋漓，张仃之苍古精严，皆自有家法、各具面目。若目迷诸派，恍然自失，于大师之林徒然兴望洋之叹，则终不能立我之风范焉。故画山水者，贵能借古开今，师古而化，不为前贤所拘，不为古法所障，从自我性灵中出，乃终成自家面目。石涛有言："我之为我，自有我在。古之须眉，不能生在我之面目；古之肺腑，不能安入我之腹肠。我自发我之肺腑，揭我之须眉。"此自我之意识，乃画者成家之第一义也。

守峰先生之山水，熔铸古今，遍法诸家。远追宋元，得范宽之规模气度，大痴道人之布局风范；近摩当代国手之神韵，于宾虹老人用力尤多。山川浑厚，草木华滋，蓊郁光灿，生机满纸。结构谨严，画面充实饱满，望之觉精气弥漫，幽杳厚重，深得宾翁之妙。而又不固守一家，旁涉陆俨少，取其飞扬灵动之势，复浸淫石鲁有年，得其恣肆奇崛之气。世之拟宾虹者易流于淤滞，拟俨少者易失于轻倩，摹石鲁者易堕入狂怪。守峰辗转于数家之间，心摹手追，得其意而不师其形，师其韵而忘其象，谨严中含诡奇之美，莽苍中蕴秀润之气，浑厚中寓飞动之思，如东坡所言："出新意于法度之中，寄妙理于豪放之外。"何哉？乃师古能化，不着形迹，不泥于古、不死于古之故也。

夫山水画者，乃画家之艺术直觉与理性创造融汇为一之产物。宋人山水，间架谨严，布局谨饬，此种风格与宋哲尚理之风大有关联，可谓之理性建构主义。至陆九渊王守仁始倡心即理、心即物之说，心学大盛，影响画学甚巨。守峰近年对宋人之理性建构主义颇多服膺，以为可矫当今偏重主观、狂怪黑乱之失也。此诚为知言，颇切时弊。石涛曾论"识"与"受"之关系："受与识，先受而后识也；识然后受，非受也。古今至明之士，借其识而发其所受，知其受而发其所识……得其受而不尊,自弃也;得其画而不化,自缚也。夫受画者,必尊而守之,强而用之,无间于外,无息于内。"受者,画者之直觉也,识者,画者之理性也。理性尚逻辑,重客体,尚秩序,主建构;直觉尚灵感,重主体,尚个性,显自我,主创造。二者相辅而相成。石涛变法,痛批泥古不化之时风,揭尊受之理,厥功至伟。然今人不能尽察其中堂奥,乃矫枉过正,弃理辍识而独尊主体感受,终不免空疏之弊。须知宋人以至四王之理性与秩序精神亦自造化中抽象模拟而出,非悬空造理也。识与受,乃画者之辩证认知过程,两者交融,岂可偏废?不尊受,则空有秩序而丧失艺术之直觉,缺乏主体创造性,终致艺术家乏个性,泯自我,丧失独创精神,遂流于程序主义,徒摹古人粉本,死于古人藩篱。不尚理,则空有直觉灵感而无以建构稳定而富有表现力之艺术语言,无笔墨手段可供画者自由驱遣,致使画者心手不能相应,如此则易滋生空狂怪诞之病,其格不能高古,欲追求自我而反丧自我也。故识与受乃一体,理性之建构主义与感性之直觉主义应贯通融会,不可偏执于一端也。大涤子以降,世人固知程序主义之贻害无穷,故痛抨四王,几无余地,乃至矫枉过正,将荆关李范以来之尚理风范抛掷殆尽,堕入狂怪而不能自拔，岂烟客麓台之辈只知游冶山水而独无受哉？守峰先生近年来对于山水画理性主义之解悟，似代表山水画坛反思之趋向，拨乱反正，庶几可矫世人空疏之弊，俾使理心合一，法境交融，形神兼备，受识汇通。若果如斯，则画坛之大幸也。

观守峰先生近来所作山水，意境悠远沉着，丰神萧逸，高古粹润，而又重视结构布局，颇谙疏密之法，深得虚实之妙。夫笔墨之疏密，关乎画境甚大。疏者清旷冷逸，密者生机郁勃；疏者淡远峻拔，密者苍莽幽深。疏密气味不同，盖画者怀抱韵致气象境界迥异故也。倪迂弘仁一派，冷峻超绝，逸气弥漫，寥落数笔，禅意无穷，令人生无边之想。黄鹤山樵大痴道人一路，云山苍郁，树石匝迭，使人知天地之深不可测，生生不息以至于无穷也。疏者简淡，计白当黑，虚空即是画面，此所谓"空即是色"是也；密者繁复，计黑当白，妙在于细微处营造空间，使人于繁密处有空旷之感，不觉空间狭仄，此所谓"色即是空"是也。董源山川横披，平坡淡远，看似空灵疏阔，实觉天地充实之美；王叔明万山千壑层峦叠嶂，看似密不透风，实觉朗廓灵动。宾翁暮年之作，初看满纸墨团，却不失开阔空灵之气象，其诀在于善用白也。云霭溪桥、泉瀑梯阶、亭台茅屋，随意布置，错落有致，深见匠心，打破墨团之窒滞沉闷，犹围棋之留气也！此"色即是空"之妙处，非长期临池者不能悟也。今人学宾虹老人，徒知堆砌墨点，致使画面臃肿板滞、生机殆尽。守峰之作，得宾翁之充实厚重深杳华滋之美，而不染塞滞之病，近景参差变化，不觉繁杂，远景缥缈，令人生无涯之思。

　　第一流之画家，必使其自身气质禀赋与所画之物象相融相洽，方能创造第一流作品，此乃诸门艺术之通则也。山水花鸟，画者气质固不同也。画花鸟者，须养其田园情趣，必也生机在胸，满眼皆是生趣，于草木虫鱼花鸟竹石间得其天真之味，使人起归隐田园之想者方胜任之。花鸟画重在一"趣"字，无田园情趣之辈强写花鸟，不过生物学实验室之标本耳。白石老人通身活泼淳朴气象，每作花鸟虫鱼，涉笔皆成妙趣，以其心中自有生趣故也。画山水者，须养其胸襟格局，必胸中藏千岩万壑，直与天地精神往来（庄子语），又怀抱丈夫浩然之气，能上下与天地同流（孟子语），下笔若天风海雨骤至，欲与山川造物同化，使人观画则顿生入山之想，此种人乃堪为山水写照。古之王墨、大痴、石涛，今之抱石、大千、宾虹者，皆为天降作山水画者也。胸怀不廓者、格局狭隘者不能作山水，必也胸次磊落、洒脱不羁、傲岸不俗者能之。石涛跋画云："盘礴睥睨，乃是翰墨家生平所养之气，峥嵘奇崛，磊磊落落。"元汤垕曰："山水之为物，禀造化之秀，阴阳晦暝，晴雨寒暑，朝昏昼夜，随形改步，有无穷之趣，自非胸中丘壑汪洋如万顷波者，未易摹写。"（《画鉴》）由是观之，山水画贵在一"气"字，画者若不能养气，徒拟树石技法，当终生难窥山水画之堂奥也。清季布颜图言此理甚明："宇宙之间，惟山川为大。始于鸿蒙，而备于大地。人莫究其所以然，但拘拘于石法树法之间，求长觅巧，其为技也不亦卑乎？制大物必用大器，故学之者当心期于大。必先有一段海阔天空之见存于有迹之内，而求于无迹之先……今之学者，必须意在笔先，铺成大地，创造山川，其远近高卑，曲折深浅，皆令各得其势而不背，则格制定矣。"（《画学心法问答》）

守峰先生性放旷，不拘形迹，练达大器，气魄闳廓，此种气质与山水极相契也。其作山水，往往不预作构图粉本，亦不用炭朽先事勾勒，而是空对白纸直截落墨，心手相应，意随笔生，因情造景，随意点染，此顾虎头所谓"迁想妙得"，亦董寿平所谓"随机生发"也。此种手段，既出于画者对于自然造化之深刻体悟，所谓"宇宙尽在吾手"者，又必赖于画者娴熟之绘画语言与高超之抽象能力。此所谓剪裁天地功夫，白石老人所言"漏曳造化秘，夺取鬼神功"盖语此。可染先生尝云："中国人画画到一定境界之时，思想飞翔，达到了精神上的自由状态，传统已经看遍了，山水也都看遍了，画画的时候什么都不用看，白纸对青天，胸中丘壑，笔底烟霞。"此种"白纸对青天"之功夫，乃画者心灵从必然王国到自由王国之飞跃。山川在手，任意剪裁，所以侔造化之奇，夺宇宙之心也。石涛云："吾人之任山水也，任不在广，则任其可制；任不在多，则任其可易。非易不能任多，非制不能任广。"（《画语录·资任章》）制者，剪裁也，易者，精简也，有此剪裁精简手段，方能以素纸为天地，以吾心为造物，咫尺之内写万里云山，无中生有，笔开宇宙。

画者，寂寞之道。守峰先生近年苦心孤诣，深究画理，鉴古取今，转益多师，其自我风格经长期陶铸历练已渐呈现。同时，守峰重写生，师自然，近年南北行脚，杖履烟霞，于真山水中得灵感妙悟，笔墨为之一新，碛口写生长卷，颇得公凯先生嘉许。玄宰云："画家以古人为师，已自上乘；进此当以天地为师。"此千古不易之法也。守峰先生方年届不惑，以"容堂"额其斋，其怀抱气象可见焉。甲午春，守峰辑近年所作山水百十幅，收于一帧，将以付梓。

笔墨淋漓，煌然大观。余先睹为快，得饱览山川，深心叹赏，因赘浅陋于右，冀就正同道，并抒贺忱。

　　　　　　　　　　　　　　甲午年正月二十二日

朗润清逸，蕴藉风流
——"华彩三人行"北大绘画展序

燕园五月，草木峥嵘，生机郁勃。"华彩三人行"画展之举办，乃于湖光塔影之间又添胜景。"华彩"者，翰墨神飞、流光溢彩之谓也。三君子皆擅墨彩，虽形貌题材殊异，然其蕴藉典雅、富丽堂皇之神，实则一也。

田添君，乃当代花鸟画大家田世光先生之嫡孙，家学渊源，传统功力甚为深厚。其画设色典雅，气味沉静，于传统中见出新意，于继承中有所创造，自出机杼，俨成一家。观其画，如竹之雄茂挺俊、幽清洒脱。

吴占春君，气质闲逸，超然拔俗。其画常敷重彩，初看惊艳，细玩之韵致深沉。梦江南系列，用色大胆热烈，构图新颖不俗，于绚烂中见其清峻，于繁复中显出和谐，实为重彩画中之卓异者。观其画,如梅之贞雅峭秀,洋溢出一种清新幻妙之气息。

刘小刚君,早岁就职于燕园,与诸多画坛大家均有交游,尤细参许麟庐诸家,于齐派笔墨精髓深有所悟。旋遍游东瀛及马来西亚诸国,深受日本及东南亚画风之熏染,面目乃大变。其画设色高古,构图奇崛,色块交汇,令人神驰。观其画,如幽谷之虬松,朴劲而苍古。

凡画中圣手,当师古人,师造化,如此转益多师,自然气象非凡、韵味高远。三君子者,皆深入中华传统笔墨之谷,探得龙珠而返,又能汲取时代精华,将现代美学理念与传统文人格调熔为一炉,遂亦古亦新,超迈时流,与时下之舍本逐末哗众取宠者迥异。值此松竹梅三君子画展开幕之际,欣撰小序,并致贺忱。

庚寅五月于北京大学蔚秀斋

心画以真,复归于朴

——《珈艺十岁画集》序

壬辰末,吾与挚友华锋晤谈于善渊堂,狂聊达旦,语及珈艺小女习画数年不辍,兴味颇浓,吾甚盼一睹其画作。癸巳夏,华锋惠寄《珈艺十岁画集》,使吾得以饱览珈艺童心笔墨。灯下读毕,如饮甘醴,如澡初雪,心内大畅。百余幅画作,色彩跳跃缤纷,构图新奇不俗,一派天真高妙气象,触我心弦,沁我心脾,吾始悟童画世界自有其妙不可言之处也!

童画贵在童心,童心贵在真纯无染、精粹无杂,故发之为画,皆心画也;唯因其心无所窒碍沾染,故其心画皆一派澄澈,纯自胸臆中出,无丝毫矫揉造作之态,亦无丝毫虚伪媚俗之气。正如禅宗中所谓"本来无一物,何处染尘埃"也。明季思想界狂人李卓吾先生曾发明"童心说"，言童心者，乃真心也，"绝假纯真，即最初一念之本心也。若失却童心，便失却真心；失却真心，便失却真人。人而非真，全不复有初矣"。卓吾先生高哉！人之初，皆有童心真心，故皆为真人也。唯其既长，受世俗羁绊熏染，又为名利诱惑戕害，遂渐失其真心，泯其童心，故不复为真人矣。珈艺之画，虽自成人之眼光观之尚显稚嫩，然其价值正在其纯真无染，天真烂漫，使吾辈非真人重温真人之梦也。

卓吾先生曾力抨世俗遮掩童心之害："童心既障，于是发而为言语，则言语不由衷；见而为政事，则政事无根柢；著而为文辞，则文辞不能达。非内含于章美也，非笃实生辉光也，欲求一句有德之言，卒不可得，所以者何？以童心既障，而以从外入者闻见道理为之心也。"以此语返观吾辈之生活，实堪忧堪惭也。儿童无挂碍，故其艺术想象力无羁绊；儿童无尘染，故其诗其语无世故，吾手写吾心，生机盎然，生命力迸发强盛；儿童无名利心，故其画无造作无扭捏无伪善。要之，吾辈童心壅塞，多染世病，故珈艺之画，乃至所有儿童之诗画，实乃洗心之良泉、养心之良药也。

吾辈应向儿童致敬，向儿童学习，应以儿童为榜样，复归纯朴、复归真诚、复归简约。老子于《道德经》中多处言及复归之道："知其雄，守其雌，为天下溪。为天下溪，常德不离，复归于婴儿。知其白，守其黑，为天下式。为天下式，常德不忒，复归于无极。知其荣，守其辱，为天下谷。为天下谷，常德乃足，复归于朴。"吾辈倘能复归于婴儿，则重为真人，重获真心矣。

吾友华锋，闽安溪人也，自幼家教甚严，故其兄弟四人皆为人中才俊，其中三兄弟先后负笈燕园，为吾校历史上光辉一页，诚奇迹也。华锋亦承先辈之风，颇重教育，尤重德学之熏陶。珈艺曾在新加坡就学数年，故能感受中西之文化，融会贯通，潜移默化。然华锋伉俪教育最成功者，乃在培植珈艺之兴趣，鼓励其自由探索、纵情发挥，使其深深体味学画之乐，可谓循循善诱，用心良苦也。儿童习画，应以发掘其内心快乐良知为旨归，儿童若以此内心快乐良知为起点，则其体悟修习艺术之路必愈拓愈广阔，愈行愈光明。吾曾言：学问生命之道，其谛在一乐，其归在一乐，其难亦在一乐也。苟能体味其乐，则何学不成哉？王守仁之弟子、泰州学派创始人王艮心斋先生曾作《乐学歌》："人心本是乐，自将私欲缚。私欲一萌时，良知还自觉。一觉便消除，人心依旧乐。乐是乐此学，学是学此乐。不乐不是学，不学不是乐。乐便然后学，学便然后乐。乐是学，学是乐。於呼！天下之乐，何如此学，天下之学，何如此乐！"教育之道，尽在于斯矣。今之父母，唯知逼迫苛求，而不谙乐学之道，如此教子，事倍功半，终使孩童乐趣殆尽、兴味全失，徒费光阴！

珈艺方十岁，绘画之路漫漫，唯望其永久葆藏其真心，焕发其乐趣，未来以绚烂之笔，写绚烂真纯之世界，造就绚烂真纯之心灵。值其画集付梓，聊撰数语，以寄吾之深愿焉。

癸巳年六月于沪上黄浦江畔

浮生静品

大唐春前记

庚寅五月之望,月朗风清,檀香融畅。忘年知己小聚大唐春,听唐琴,赏宋帖,啜淡茶,谈风月,品藻古今,染翰赋诗,略得古人修禊流觞之趣,亦浮生一乐也。

大唐春地处宣南,北接皇苑,与琉璃厂荣宝斋毗邻而居。承明清两季六百年余韵,独占古都之文脉,尽汇五朝之风流。庭院虽小,吐纳大千;硕儒高士,时相往还;四时佳兴,皆称清怀。

若夫春风盈袖,晴光满庭。草木蔓发,生机郁勃。好鸟嘤鸣,求其友声。倚轩窗以舒啸,抚老树而盘桓。至夏则满户清凉,暑气顿消。三五清友,契阔谈高。葛天遗民,遁世逍遥。入秋则秋声飒飒,菊英纷纷。清月映庭,歌骚而徘徊；秋蛩低吟，宵兴而永叹。至若深冬时节，风烟俱净，万物寂寥。抚琴高咏，心如澡雪。思迈千古，意与神会。人生至此，夫复何求？

庭中有老檀一株，槎牙虬曲，接天蔽日。历秋霜而峻节，披冬雪而养志。凌云孤高，洁操自持。子夜独酌，檀花落盅，乃悟禅寂之境；晴日仰望，横柯蔽空，顿息浮躁之心。厚德堂中又藏古木，其坚如铁，其质似石。历千万劫风雷淬炼，终造就金刚不朽之身。感万物之精诚，叹造化之神功。

大唐春主人为民先生，诗思清峻，颇富禅理，品操蕴藉，襟抱雅洁，而又虚怀能容，有海纳百川之度。遂引南北儒珍，尽萃于大唐春，每令少长皆欢，春风满座。大唐春之名，取初唐卢照邻之诗意。秉盛唐气象，扬少年精神。其文煌煌，其气浩浩。龙翔凤翥，俊采星驰。

乃悟大唐春者，非仅为高士雅集之所也，而实有深意。吾辈生此承平盛世，自当力矫士林逐利骛名之颓风，复兴传统士人清高贞雅之气象。独善兼济，先忧后乐，方不愧我华夏五千载之大邦风范。承前启后，任重道远。聊布微怀，寄托深焉。

庚寅霜月撰

大唐春后记

辛卯冰月,大唐春乔迁平安大道,寓弘一上师旧居。临通衢而得僻隐之便,处市井而享清幽之趣。四方名士高客,咸驻鞍马;千年帝都形胜,尽收门庭。屋舍轩敞,游廊回复。庭前植海棠两巨株,顾迈劲拔,清姿玉立。春则满树生霞,尽极妍媚;秋则狂花舞空,遍地缤纷。雪石独秀,米颠揖拜[1];雨竹偃摇,文同醉扶[2]。满园乔木葳蕤,萋草沁翠,使人益增林壑之想。

---

[1] 宋书法家米芾,人称米颠,见奇石则揖拜。
[2] 宋画家文同(与可),擅画墨竹。

若当皎月出云，清风徐送，拂彼白石，弹吾素琴。渭城朝雨，阳关情绝；平沙秋雁，天地寂寥。鸥鹭忘机，诗酒自乐；渔樵问答，湖山相揖[1]。素手抚筝，诉临安之遗恨[2]；奇士操缦，慕伯牙之高风。时若骚人踯躅于泽畔，时若羁旅愁郁于客舟。贪夜聆弦，满座寂然，恍惚出尘，既白忘归。

而乃春秋佳日，诗客毕至，书家云集。香缭户楹，把酒而邀鹤；风吹玉树，披襟而咏怀。半醒半醉之间，心游物外；一唱一和之际，兴遣毫端。春莳韭绿，且共老杜听雨[3]；秋赏菊黄，欲与陶公举觞[4]。夕霭朝晖，无非词意；雪迹霞酣，俱引诗情。诗人至此，且吟且歌，想兰亭之曲水赋诗，西园之名流雅集[5]，亦不过如斯矣。

---

[1] 阳关三叠、平沙落雁、渔樵问答、鸥鹭忘机，皆古琴曲名。

[2] 临安遗恨，乃古筝曲名。

[3] 杜甫有"夜雨剪春韭"之句。

[4] 陶渊明有"采菊东篱下"之句。

[5] 西园乃北宋驸马都尉王诜之第，元丰初，王诜曾邀苏轼、苏辙、黄庭坚、米芾、李之仪、李公麟、晁补之、张耒、秦观等游园，米芾为记，李公麟作图，名为《西园雅集图》。

为民师工诗嗜茶，兼擅壶艺。师以诗眼入陶，治壶数十，皆称妙品；近得景舟[1]之神采，上追宋明之遗韵。供春拟瘿，窃老衲之心匠[2]；曼生抟土，化诗家之奇思[3]。掬东山之月，玩僧皎然之句[4]；汲西江之水，烹陆鸿渐之茶[5]。一叶能味世界，一壶可纳乾坤。

　　噫！诸友于斯，非徒小隐，傲然自足；唯以文会诸素友，以友辅于仁德。弃浮名，摒躁气，破世俗之樊笼，脱功利之桎梏。切磋学问，砥砺节操。持志居敬，穷理养心。如此则学识精进，德业日隆，廓然大公，期臻圣域。故语同道，冀共勉焉。

---

[1]　当代制壶宗师顾景舟。
[2]　供春乃明宜兴进士吴颐山家僮，于金沙寺中从老僧习制壶之法，创树瘿壶。
[3]　曼生，乃清乾隆嘉庆间人，为西泠八家之一，擅书画篆刻，曾以诗文金石书画入壶，创"曼生十八式"，乃文人壶之集大成者。
[4]　唐代诗僧皎然，嗜茶，主张"以茶代酒"，与陆羽时相酬和。
[5]　陆鸿渐，即唐代茶圣陆羽，曾作歌曰："不羡黄金罍，不羡白玉杯；不羡朝入省，不羡暮入台；千羡万羡西江水，曾向竟陵城下来。"与僧皎然友善。

大唐春后记

余姚梨洲书院记

　　华夏书院之制,源远流长。初肇始于中唐,复勃兴于两宋,殆至明清两季,书院广布宇内,而江南书院之风尤炽焉。宋之程朱周陆诸大儒,设经筵于岳麓、鹅湖、白鹿、嵩阳,授徒讲学,著述论辩,阐发圣道,开启新风,实辟吾国文艺复兴之时代也。明季守仁先生横空出世,自龙场悟道,辗转黔赣江浙之间,广兴书院,倡知行合一学说,施致良知之教化,学者影从,遂开吾国近五百年学术之规模。

　　近代以来,国祚衰败,书院亦多遭隳毁。至抗战军兴,乃有志士仁人复建书院,希藉此保存吾国学术,为吾国之再造奠基也。其中声名最著者,乃梁漱溟先生之勉仁书院、马一浮与熊十力先生之复性书院。诸贤于国难日殷之际,商略旧学，融汇新知，格局超迈，艰辛备尝，致力民族复兴，瞩望文化重光，其志可佩，其功至伟。

纵观吾国书院千年沧桑，虽代有兴毁，然洙泗之风未歇，弦歌之声不绝，诚世界教育史上之奇迹也。历代书院，明圣道，敦德行，培士风，励乡俗，道器双修，德识并重，教以人文，化成天下，实吾国教育之菁华，宜承继弘扬之。庶几可矫当下大学重功利而轻德行，重知识而轻践履之弊也。

壬辰年，余数访余姚，深为此地之历史风物所感。姚江人杰地灵，自古多产名士。不慕荣华，远避尘撄，独钓清风，任性烟霞，严子陵之高志也；特立独行，超然独造，居夷处困，澄心悟道，睥视千古，三立不朽，王阳明之胆魄也；秉性奇崛，猛怀孤忠，东瀛传道，不改明冠，朱舜水之节操也；少年异禀，任侠好义，避祸四明，耕读岩畔，发奋著史，以明治乱，梨洲先生之风范也。余姚以江南小邑，两千载高贤辈出，风流不绝，至今余韵犹存，诚不愧为海内文献名邦也。余与姚江诸友相唔既久，相知日深，遂有携手肇创书院，复兴华夏文化之志。乃觅址于山野，构舍于竹林间，并以梨洲先生之号名之。

梨洲书院之宗旨，乃绍先贤之懿德高风，发扬吾国文化之菁华，培蓄士气，敦品励俗，而又放眼海外，兼收并蓄，以汉唐之胸襟广纳新知，此所谓周虽旧邦，其命维新也。今日吾国经济日盛，卓然傲跻世界强邦之列，一雪百七十年之耻，此堪慰也。而文化不昌、民风不振、人心浇漓、伦理不彰，凡有识之士皆以为堪忧也。人文化成，非一日之功，必发大愿力、积苦功夫，戮力同心，百折不回，方可臻于大成。凡我书院同仁，当以复兴华夏文化为职志，以先贤德业为楷则，知行合一，德学并进，坚忍精诚，笃志发奋，以切实之践履，共襄盛世之大业。值梨洲书院创建之日，书此数语，期与同仁共勉焉。

癸巳年四月二十日撰

蔚秀斋记

"蔚秀"本为京西一处皇家园林,其址介于诸御园之间,南为畅春园,北接圆明园,西邻承泽园,东与勺园隔路相望。蔚秀园初创于何时已无可稽考,1836年(道光十六年)为定郡王载铨之赐园,亦称含芳园,其后转赐奕譞、载沣父子。1931年由燕京大学购入,1952年随燕京大学并入北京大学,遂成为北大之一景。

"蔚秀"略有二义。其一曰"蔚然挺秀",形容草木繁盛、葱茏郁勃、生机盎然。其二亦有"荟集群英"之义。"蔚"者,荟萃聚集也,"秀"者,优秀卓越也,"蔚秀"者,"汇聚天下英才"也。北大作为最高学府,得天下英才而育之,诚所谓"蔚秀"也。

今借《中国经济》杂志社之一隅，开辟"蔚秀斋文化沙龙"，旨在荟集同道，谈古论今，既可畅抒风花雪月，也可切问国运民生，要者在创造一种文化氛围、引领一种学术风气、塑造一种士人格调。每于春秋佳日，邀集同道，品茗高谈，仰观俯察，独善兼济，可谓浮生一乐。古有兰亭修禊，今有蔚秀雅集，相隔千载，其致一也。

庚寅年十月二十六日

善渊堂记

秋阳明媚之时,东莱子读《易》于西山蜗庐。矫首遐观,远岑如黛;伏案挥翰,墨香盈室。兴尽掷笔,乃卧于藤榻之上,悠悠然遂入乌有之乡。忽逢一皤须老者,玄衣执扇,栩栩然而至焉。既见东莱子闲卧南窗,乃笑曰:"小子欲效宰予之昼寝乎?孺子实不可教也!"

吾赧然而起,对曰:"晚辈疏懒,负此晴光。敢问先生仙居何处?"老者曰:"予曾居漆园,昨夜梦蝶,遂追寻至此,与汝盖夙有深缘哉!吾尝登姑射之山,观止水之渊,始悟天地之道,略知大《易》之旨。汝何不与吾重游之?"

东莱子欣然从之,御云气,挟清风,翔于九仞之上。衣袂举而神荡,身轻飔而心驰。俯视大千,飘然若仙。须臾，至姑射，立于山巅，临于大水，汪洋万顷，碧波如鉴。先生曰："汝见此渊乎？至清而不见其底，至柔而刚健无匹，至厚而不失简静之气。观其常也，从容淡定，所谓止水澄清、万象斯鉴者也。其志也，虚旷而无为，唯致虚极而能守其本，唯处无为而无不为。观其变也，雷电激荡，狂涛万里，飘风振海而未改色，天地崩裂而立不易方。斯乃酬酢万变而无为，动静以时而常定。亦圣人处常以应变，观变以守常也。然圣人御变知常之道，一归于静而已矣！"

东莱子曰："先生之言善哉！愿闻静道。"老者喟然叹曰："方今之世，人但知外骛，不思内求；唯务逐物，却丧其心。何以守心？唯虚壹而静，此谓之大清明也。汝不见此止水之渊乎？渊者，静也。圣人之静也，万物无足以挠心，故心能役物，非物役心，故能成天地之鉴，万物之镜也。心止如渊，乃可澄怀观道。故识得静味，始可与论道焉。夫渊也，愈恢宏开廓，愈得静气而摒躁。子不闻知止而后能定，定而后能静，静而后能安乎？唯其静笃，能归根复命。此非老莱子之言哉！盖不静即不能悟，焉能体道见性？后世所谓禅家之秘，亦不外静而已矣！"

东莱子拊掌而乐曰："聆先生静道之教，融汇三流，堪称至理！人言观于海者难为水，游于圣人之门者难为言，信夫!"

老者笑曰:"天地风雨,皆有其象,春秋四时,皆无非教。今吾携汝临于大渊,亦可知六合之心矣。能体六合之心,则可悟君子修心之道。此《易》之简易处,端在观象喻心。汝观此渊,茫无涯涘,涵容自得,如此格局,唯源其能容,汇百川而不拒细流,深蓄厚养,无所不包,方能成其大。圣人观此,知培植襟怀,养其远大浩然之气,宽博谦冲之德,乃能与天地精神往来。唯悟此大渊能静能容,方知其独立不倚、沉潜厚重、敦朴中和、广大精诚之由也。"

东莱子匍伏拜曰:"小子受教!乃知以往记问之学,害人不浅!先生非古非今,亦古亦今,知天达命,万望有以开示!"

老者徐曰:"汝生此世,既盛且浮,当深体渊道,守志住心,务沉潜戒浅薄,务宁静戒躁厉,务远大戒功利,务宽博戒偏狭,务谦冲戒狂傲,务朴厚戒浮华,心善渊则达道矣。吾漫游寻蝶日久,将归吾乡,汝亦须觉矣!"言毕呼啸而逝。

东莱子醒而叹,环顾蜗庐,恍然若失。因名其庐曰"善渊堂",以记其梦。时在癸巳年九月初十日。

东莱抱月轩记

壬辰夏,余归东莱。旧交挚友,廿年暌违;故国山水,旷久疏隔。觥筹酒酣之际,倾谈乡谊;林壑行旅之处,寻觅旧迹。每谈笑流连,辄不胜年华逝水之感矣。

少年无畏,素志慷慨,驰狂而冀远赴;中年多事,心境淡泊,从容转益乡思。想我东莱古邑,从来人文渊薮,自古文献名邦。虞夏幽渺,过国尘起兵戈[1];商周嚣乱,莱

---

[1] 夏朝时,寒浞篡政后,将其大儿子浇封在过地,建立"过国",即在今莱州城北(过西东部)。过国后被少康灭掉。

侯富冠齐鲁[1]。汉封掖邑[2],魏命光州[3],于斯两千余载,文昌武胜,风流未歇。晏婴[4]毛阁[5],佐治忠贞;耳枝[6]云升[7],翰墨翘楚。费直[8]演易,启引玄融思绪;左伯[9]造纸,润泽华

---

[1] 商朝时掖地属莱侯国,后被姜尚吞并。

[2] 汉高祖四年(前203年),掖邑改为掖县,属于青州东莱郡。

[3] 北魏皇兴四年(470年),置光州,因掖有光水而得名,掖城为光州治所。

[4] 晏婴,即晏子,莱州平里店婴里人,春秋时期齐国名臣。

[5] 毛纪(1463—1545),字维之,号鳌峰逸叟,明代著名政治家,官至首辅大学士兼吏部尚书,《聊斋志异》中《姊妹易嫁》即以其原型创作,史称"毛阁老"。

[6] 刘重庆(1579—1632),字幼孙,号耳枝,明朝后期著名书法家,官至户部右侍郎,曾书写故宫"太和殿""中和殿""保和殿"三大殿牌匾,被皇帝誉为"神笔"。

[7] 翟云升(1776—1858),清代著名书法家、金石学家,字文泉,精于隶书,曾著《隶篇》。

[8] 费直,字长翁,东莱人,西汉古文易学"费氏学"的开创者,后来的马融、郑玄等皆学费氏《易》,对后世易学影响很大。

[9] 左伯,东汉"左伯纸"(书画用纸)的创造者,字子邑,改进蔡伦造纸技术,造出"左伯纸"(又称"子邑纸",与张芝笔、韦诞墨并称文房"三大名品",东汉史学家蔡邕"每每作书,非左伯纸不妄下笔"。

夏书家。峭直方正,刘毅[1]傲视司马;刚介博雅,无竞[2]诗惊初唐。秉性公廉,史颂四知先生[3];潜心数术,世传九章算经[4]。板桥逸狂,卧松底而生遐意[5];明诚清照,搜金石而

---

[1] 刘毅,字仲雄,西晋东莱掖人,品格拔俗,为人刚正,在司马昭、司马炎统治时代特立独行,直言敢谏。

[2] 王无竞(652—706),字仲烈,初唐著名诗人,与高达夫、陈子昂齐名,相互酬唱,白居易对王无竞的诗歌成就极为推崇。

[3] 杨震(59—124),字伯起,曾任东莱郡太守,为东汉名儒。史载其得意门生王密以自俸十锭黄金谢师恩,称"夜深人静,无人知晓,敬请恩师收下",而杨震拒收,说:"天知、地知、我知、子知,何谓无知?"王密羞愧而出。杨震"暮夜却金",对后世影响甚大,后人称之为"四知先生"。

[4] 徐岳,字公河,东莱人,东汉时期著名数学家、天文学家,珠算创始人,著有《九章算经》《数术记遗》等书,为古代著名数学著作之一,对世界数学贡献甚大。

[5] 郑板桥(1693—1765),名燮,清代著名画家,曾任山东潍县县令,清代潍县属莱州府管辖,郑板桥常进莱州大基山、文峰山观摩石刻,曾做《咏道士谷诗》,其中有句:"兹日游山寻遐意,松底高卧不羡仙。"其"难得糊涂"字幅,即于乾隆十六年写于莱州文峰山。

集大成[1]。道人高士,隐深谷以养心性;秦皇汉武,采仙药以求长生[2]。钟情仙家,道昭思飞霄汉[3];徜徉山水,东坡诗溢酒樽[4]。东莱胜地,沧海浩瀚,山岳峥嵘,生长于斯,幸甚至哉!

俄而南望云峰,蓊蓊郁郁,东莱文风之盛,尽萃于此。得一名士而风范百代,刻一摩崖而辉耀千古。浑雄沉穆,引康南海之咏叹[5];宽博雍容,逢包世臣之知音[6]。亭额朴

---

[1] 赵明诚(1081—1129),字德甫,著名金石学家,曾任莱州太守。李清照(1084—1155),号易安居士,宋代著名词人。明诚清照夫妇在莱州共同编纂《金石录》,在莱州"静治堂装卷初就",完成这一传世名作。
[2] 秦始皇和汉武帝均曾东巡,在莱州三山岛寻长生之药。后来宋太祖也曾到莱州三山岛观海。
[3] 郑道昭(455—516),北魏书法家、诗人,自号中岳先生,曾任光州刺史,在莱州文峰山、大基山刻石数十处,其所书《郑文公碑》为我国书史上的重要作品。
[4] 苏轼,号东坡居士,在任登州太守时,曾流连于莱州山水,尽情观赏莱州大基、云峰刻石,并留有诗作。
[5] 康有为,号南海,在《广艺舟双楫》中对云峰山刻石进行了研究并给予极高评价。
[6] 包世臣,在《艺舟双楫》中对云峰山刻石做了系统研究。

初居士之法书[1]，殿留舒同大师之妙笔[2]。山势突兀，海粟仰其千仞[3]；书史芳香，东瀛拜此一家[4]。案牍余情，怡然向道；刻石遍野，坐而成仙。东有安期子驭龙栖于蓬莱，西有王子晋骑凤居于太室，南有赤松子乘月游于玄圃，北有羡门子驾日翔于昆仑[5]。魏晋遗韵，百代不泯，虽未能至，心向往之。

至若东瞻大基，莽莽苍苍，千年道教之风，实源于此。青峰环抱，夜色如黛，松柏苍翠，晨鸟相鸣。春则清溪漱石，夏则榴花灼眼，秋则红栌映日，冬则晴雪凝云。道风悠悠，悟宇宙而心旷；仙气渺渺，洗耳目而思清。百年香烟缭绕，

---

[1] 著名书法家、中国佛教协会会长赵朴初题写"郑文公碑亭"。
[2] 中国书法家协会主席舒同先生在云峰山上写有"会我云峰"。
[3] 一代画坛宗师刘海粟先生曾在九十高龄两次登临云峰山瞻郑文公碑，书有一联："四顾苍茫，天外云吟天外海；一碑突兀，画中人醉画中山。"
[4] 日本书法界对《郑文公碑》非常尊崇，素有"不到云峰山，不算书法家"的说法。
[5] 郑道昭在云峰山曾刻有九仙刻石，其中有"安期子驾龙栖蓬莱之山""王子晋驾凤栖太室之山""赤松子驾月栖玄圃之山""羡门子驾日栖昆仑之山"，等等，表现出他的仙道思想。

王重阳之铜鼎[1];万里征尘飞扬,丘处机之风规[2]。深壑龙藏,林谷窅窅;巉岩涧冽,古观幽幽。天下养性修身之佳处,大基山居其一焉。山寂何知甲子,隔断红尘无纪日;人淡岂计岁月,惟从草木识英华[3]。残殿圮台,寻全真七子之遗迹[4];断碑古籀,纪斟氏二侯之古风[5]。每登临大基,仰叹俯思,怀古之情,油然而起。

---

[1] 王重阳(1112—1170),名喆,字知明,号重阳,全真教的创立者,主张儒释道三教合一,曾在莱州传道。

[2] 丘处机(1148—1227),字通密,号长春子,世称长春真人,全真教龙门派创始人,兴定四年(1220年),丘处机与弟子从莱州出发,行程万里,到达西域大雪山(现阿富汗兴都库什山),晋谒成吉思汗。成吉思汗问治理天下之策,对以"敬天爱民",问长生之道,对以"清心寡欲",问一统天下之道,答曰"必在乎不嗜杀人",太祖深契其言。乾隆帝褒誉其"一言止杀"。

[3] 清代刘学祖《春日读书大基山》诗中有"隔断红尘无纪日,惟从草木识年华"之句。

[4] 全真七子包括马钰(丹阳)、谭处端(长真)、丘处机(长春)、刘处玄(长生)、郝大通(广宁)、王处一(玉阳)、孙不二(清静)。

[5] 大基山有古碑《莱丘铭》,载夏朝时寒浞篡政,太康失国,寒浞灭掉夏王室的庇护者斟灌、斟鄩,后少康复国,斟氏后人又重修二侯祠。

予挚友性嗜丘山，筑室荒野。南接云峰，东邻大基；近岭衔窗，遥岑送目；山川之胜，尽收襟怀。门前数亩方塘，芦苇摇而生姿，蓑衣湿而垂纶。池心筑一小亭，自岸以九曲廊桥接之，尤增韵致。月出东山，山高月小；碧水印月，月澈水清。水光接天，驾小舟而逐月；青嶂抱月，举匏樽而啸天。知音契阔，松凛岁寒而后凋；心事苍茫，乐逐烟霞而未央。友嘱予名亭，遂额之曰"抱月轩"，取东坡《赤壁赋》"挟飞仙以遨游，抱明月而长终"之意[1]。飞仙何能期乎，明月犹可掇也。浮生若梦，苟永藏此月于胸中，万事尘埃何足道哉！望峰息心，掬月涤虑，不如归去吃茶可也。

壬辰六月望日

---

[1] 2012年夏余游四川眉山，偶见三苏祠中亦有"抱月亭"，实巧合也。

福州尚工馆记

鼓山峨峨，北峰苍苍。龙云卷而林莽郁，蒸雾腾而清溪藏。迤逦四五十里，如驰水墨卷中。至降虎寨，桐花匝地，幽香彻谷，翠篁接天，逸气绝尘。石径曲迴，踏新苔而歌啸；泉声远闻，卧磐石而忘机。

中有石庐，倚山借势，隐于怪石修竹乱树之间，此谢家之尚工馆也。幽庭有尘，清风来扫；柴门无锁，白云自封。野村山居，远避俗嚣。鸡犬相逐，丘壑在望。锄豆北皋，掘笋东坡。朝霭夕露，沾润诗怀。宦溪洗耳，厌听世事；陶潜偕游，讵知归期？每于春秋暇日，闲坐晴窗，一榻明月，二三清友，四壁古书，五更忘归，七贤至此，亦堪惊羡！

尚工馆主人谢健道兄，少年负笈于京师大学堂，中岁忽弃陶朱端木之生涯,而痴醉于髹漆之道。卜居山中十余载,耐孤寂,绝俗虑,寡交游,潜心漆艺,心无旁骛;孤灯晏坐,与物同游;出尘想之外,入大匠之门;安道笃志,恬然自适,神思独运,卓成一家,良可赞佩也。

先贤有云:君子其未得也,则乐其意;既已得之,又乐其治,是以有终身之乐,无一日之忧。此仁者忘怀得失、不忧不惧、无怨无尤之气象也。苟臻斯境,则知天达命,从容来去,用舍行藏,任性天然,丈夫到此,复何求哉!

乙未夏初,余适榕城,访尚工馆,与主人竟日倾谈,潇雨敲窗,恍惚出尘,至暮忘返。慕其旷真清远、狂逸拔群之气,遂为之记。时在四月初五日,东莱舒旷并书。

余姚雪交亭记

壬辰年六月，吾往余姚黄竹浦，谒梨洲先生墓。曾作诗一首，中有"远怀高士节，风操犹未湮；史家留绝唱，生死何喟叹！惜违雪交亭，嗟吁竹篱边"之句，空留遗憾，怅何如之！

全祖望先生《雪交亭集序》云："雪交亭者，前阁部张公鲵渊之寓所，在瀹洲。其左为梅，其右为梨。每岁花开，连枝接叶如雪。阁部正命，亭亦倾圮，而浙东亡国大夫眷念不置。黄都御史梨洲以其名亭于姚江黄竹浦，武部以其名亭于鄞之万竹屿中。"以此知雪交亭有二焉。

癸巳年，余姚梨洲书院立，吾为书屋两楹书联，曰："竹浦仰先贤，德学不二期圣域；瑞云追遗范，知行合一守仁心。"期姚江诸同道勉志奋发，克绍邦风也。

　　书院东有亭翼然，临碧波而倚丹桂，凝竹韵而挟清风。日看远岫，夜闻涛声，怀古之情，幽然而起矣。遂额之曰雪交亭，以纪梨洲鲵渊及浙东诸先生之风操。是为记。

　　　　　　　　　　时在乙未年三月初二日东莱舒旷撰并书

丝路行记

二零一一年八月之初,秋高气和,乃有丝路之旅。自京都出发,至金城,流连于黄河岸边,水车胪列,河水浩荡,登岚山而俯瞰,蔚为壮观。出兰州,入青海,途经湟水,过乐都,越达坂山、岗什卡雪峰。车在祁连山脉中行,时见大片油菜花田,如金泻地,峡谷中则散布村居,一步一景,皆如在图画中。偶见彩虹横亘于群峰之上,隐现无常,神妙莫测。

夜至张掖,乃古甘州也,宿处距钟鼓楼仅一箭之遥。至山丹县,游焉支山,柏木葱郁,溪水喧天,于西部戈壁之间而有此胜境,诚可赞叹。此山乃隋炀帝召见西域各国使节之地,唐戍边名将哥舒翰亦在此驻守,钟山寺内香烟缭绕，于寺门静坐，下临深渊，浮想出世。其间谒大佛寺，访临泽，游肃南裕固族自治州马蹄寺。深林梵声，白塔矗立，如在异域。过三十三天洞窟，恍入炼狱之境，于黑暗中攀爬挣扎，及至登至绝顶，乃见光明，俯视群山，胸襟畅达。入胜果寺，见一喇嘛于庭前洒扫，趋前问及十八年前所见之久迈嘉措，告余已还俗矣，世事沧桑，可叹。在肃南，于隆畅河畔，享裕固美酒，大醉。观肃南丹霞奇景，戈壁群山，五彩焕然，绵亘百里，撼人心魄。

自张掖乘火车至敦煌。往敦煌研究院，拜谒吾师樊锦诗院长，侍坐谈天，如沐春风，快意之极。余十八年前得识北京大学考古系商周考古大师邹衡先生，又读常书鸿先生、平山郁夫先生之书，乃立志赴敦煌，经邹衡先生介绍而得识樊锦诗师，遂有当年朝圣之旅。与樊锦诗师于常书鸿先生像前留影。数代学人，于戈壁沙漠之中，坚忍守望，筚路蓝缕，护卫此国之重宝，感天精诚，可垂万世。夜至鸣沙山，骑骆驼蜿蜒于沙丘之上，遥想当年西域商旅，驼行大漠之间，其辛苦当何如哉。夜半，皓月当空，下映月牙泉中，上下晴光，交相辉照，极富禅味。在月牙泉边默坐，心如太古。次日瞻莫高窟，重见大佛庄严，飞天衣袂清扬，满壁煌然，身心俱醉。

离敦煌，至柳园，乘火车至吐鲁番。行走于交河故城之残垣断壁间，满目荒凉，想当日何等纷华繁盛之地，如今只剩一坡黄冈矣。观坎儿井、火焰山，于葡萄沟赏维族歌舞，偷得一日清闲之乐。行走于葡萄架间，林荫道边流水潺潺，使人如在江南。至鄯善县，游库木塔格沙漠。鄯善乃距沙漠最近之城，徒步行于大漠之中，眺望楼兰，顿生怀古之心。

至昌吉回族自治州，登天山，观天池，一路瀑布飞舞，林木荫翳，木桥踏歌，偶有樵隐之意。天池之上，天际澄澈，雄鹰翱翔，博格达雪峰直刺云霄，气象万千，不可名状。于哈萨克毡房内享美食，听阿肯弹唱冬不拉，不知今夕何夕。访石河子市，瞻仰军垦博物馆，半世纪前先贤胼手开辟河山，戈壁之上崛起新城，诚人间奇迹，千百英雄，可铭可歌。此为丝路行旅之最后驿站。

此番旅程，十余日间，自京都始，经兰州，入青海，访甘州、敦煌，越祁连，登天山，盘桓于河西走廊，驰骋于西域之地，单程纵横八千余公里，沿途所见风物人情，皆深触我心，颇有"八千里路云和月"之叹。此乃还愿之旅，怀旧之旅，感恩之旅，信仰之旅，朝圣之旅也。沿途随手涂抹，得诗二十首，录于次。

其一 金城纪行

(游兰州黄河,忆十八年前于岸边听秦腔,恍若隔世)

蘋岸青青荡秦腔,少年心事堪神伤。

依稀风物十八载,水车犹挽水声长。

其二 入青海过湟水作

湟水悠然映远岑,黍青欲秀柳荫荫。

踏马高原天地邈,狂歌边塞作诗人。

其三 过祁连山所见

迈步从头越祁连,菜花遍野濯清涟。

结庐常在云深处,三五人家画里观。

其四 黄昏自乐都往张掖即景

牧牛人杳溪作喧,隐隐夕晖烟雨间。

山路百旋疑天路,峰迴寥廓万里天。

其五 过达坂山见岗什卡雪峰遇彩虹

垂虹万丈卧雪山,云卷云舒若梦阑。

浩门河畔徒一叹,大美欲呼已忘言。

其六　至山丹县游焉支山怀古
十方辇会望焉支,风范大邦知盛时。
哥舒跃马横刀处,依旧松涛动瑶池。

其七　焉支山瞻钟山寺
万古松风入晨钟,临渊趺坐瞰从容。
蝉唱深时悟禅意,磬声翻作溪涧声。

其八　清晨谒大佛寺
大佛殿上燕呢喃,千载等闲勘世寰。
涅槃脱却尘间累,犹爱池中睡清莲。

其九　瞻肃南马蹄寺三十三天洞窟
一别廿载梦堪惊,又谒马蹄意精诚。
三十三天如炼狱,苦渡乃得大光明。

其十　重回胜果寺访久迈嘉措未遇
旧阶破寺忆前尘,胜果因缘妙绝伦。
檐铃犹伴经幡舞,默坐空庭思故人。

其十一　访肃南裕固族自治县赠别

隆畅河边谒佛塔,青稞酒醉胡柳斜。

留取长歌祈裕固,苍山似海卷丹霞。

其十二　月夜默坐敦煌月牙泉边偶得

渺渺月牙泉中月,茫茫鸣沙山外山。

当年苦旅漂泊客,心地澄阔寂无言。

其十三　再访敦煌莫高窟

梦想敦煌路八千,孤烟大漠思故园。

庄穆佛国披花雨,驼铃响处望飞天。

其十四　敦煌研究院拜尊师樊锦诗院长

五秩春秋望莫高,三危惯看风萧萧。

吾生有涯愿无尽,残卷青灯安寂寥。

其十五　访吐鲁番经火焰山作

行脚维艰过高昌,等闲赤焰未彷徨。

八十一难浑扫却,取经端赖心魔降。

其十六　交河故城怀古

彤云漫卷过天山,遥梦车师嗟盛繁。
千古笳弦空寂寂,剩取半壁立残垣。

其十七　游吐鲁番葡萄沟

雪水潺潺林公井,荫荫空翠葡萄沟。
武陵源里忘归路,曼舞婆娑歌未休。

其十八　至鄯善县库木塔格沙漠

苍苍瀚海拥鄯善,大漠逶迤接长天。
绿洲千顷今尚在,遗恨空嗟旧楼兰。

其十九　游天池作

足下雷鸣九叠瀑,眉间黛聚千仞山。
荡尽俗肠瑶池水,危岩松底欲坐禅。

其二十　天山之巅见雄鹰作

苍鹰直上九重霄,俯仰天地任逍遥。
丈夫宜壮凌云志,襟抱从容邀松涛。

舒旷诗稿卷一序

余少时爱诗,居乡野草莽之地,偶得古人诗册,辄不惜废寝忘食而吟诵之,朝夕涵泳,自得其乐。忆昔十四五岁之时,曾与三两挚友于旷野中狂啸吟诗,乐而忘返,少年情怀,尤堪回味。中学时从吾师辈处得《李诗咀华》《杜甫诗选》《唐诗三百首》《唐五代词》等书,如获至珍。读诗日久,不自量力,随手涂抹,箱箧日盈。及长,渐悟学诗之道非止于"游于艺"而已,实乃士之抒怀言志所由藉也。长夏无事,检点旧作,往昔狂歌行吟挥毫赋诗之志趣,历历宛在。少作堪惭,何敢以词翰名世;敝帚自珍,贻笑于大方之家。本卷录余自一九九零至二零零七年间之诗词旧作,入北大凡十七年仅存百十篇,秉性惰怠可见也。另附所撰联语若干及外祖父与父亲赐诗各两首。长辈手泽，字字如金，及今读之，倏焉人渺，不禁潸然。诗稿订毕，遂占一绝以纪之：

诸缘忘尽未忘诗，秋雨春风入砚池。
一阕咏罢头飞雪，不劳幽梦遇相知。

2007 年 7 月舒旷作于西二旗

舒旷诗稿卷二序

诗词本吾余事。于著述研究之暇偶一为之，随意吟哦，不计工拙，以快吾志。人生须有诗意，方不枉此生也。人生无诗则可，而无诗意则断不可也。然既有诗意，不能呼号宣发为诗，亦人生憾事也。生命乃一大篇诗歌而已，苟具诗眼，存诗心，秉诗情，则处处皆是诗篇，此是真诗家气象，虽颠沛造次之间亦不废弦歌也。

翻检诗稿，如读日记。此间读古人书，流连于儒释庄老之间，孤灯晏坐，仰观俯察，略窥天地之道；时而挥毫染翰，醉心于笔墨山水，渐养浩然磊落奇拔不俗之气；又得雅集同道，于月下竹边酌酒品茗，放怀逍遥，知音清赏，心神融畅；至若踏遍河山，杖履烟霞，走访村野，心系农事，则先贤民胞物与之怀抱，略可体悟一二也。此卷收余诗词旧作近百首，盖作于二零零七至二零一零年间，今汇集成册，以为流光之纪念。

            庚寅春日舒旷撰

舒旷诗稿卷三序

古之骚人诗客,终生苦吟,得诗百千,传世者能得一二,乃足称幸事。即如一代圣手如王季陵者,虽名噪当代,其传世之作载全唐诗者不过五六篇而已。亿兆诗篇,杳然湮没于历史长河之中,而诗人亦多烟消云散矣。然诗人所为者何?诗人援翰赋诗,昼思夜咏,殚精劳思,乃为当下一时之快耳,直吐胸中块垒,俯仰得天地真意。夫一时之快,即天地之大快,亘古之大快也,故此一时之快,固有超越时空之恒久价值。一歌一咏,发古今之幽情,与千百世诗人同契此心,与宇宙万物共得此意。诗人至此,则与天地同参,与万物同化,而又何妨没百世而不闻,复何求千秋不朽之浮名哉。舒吾心,畅吾志,传吾情,我手写我心,此快足矣。他日与太白子美相遇，当无惭怍矣。

辛卯季秋，天净云高，清晨即起，辑成此卷，序毕掷笔，仰天一啸。

东莱舒旷撰

舒旷诗稿卷四序

诗者,生命长旅之行吟、超迈古今之唱和也。诗道寂寞,可与人言者鲜矣。然古今之能诗者,必怀抱、学识、才情、阅历四者兼备。

怀抱者,境界也,格调也,有高下之判,有雅俗之分。怀抱高雅者,其思越于千古之上,其境界必开廓,其格调必高洁,当其发为诗歌,或激越,或沉郁,或雄迈,或清雅,皆可养吾浩气,拔吾志节,润吾心胸。怀抱狭仄低俗者,其诗虽辞藻华美,焉臻上乘?

学识者,学养识见也。诗异于学,然必有学。无学则诗韵易浮,沉潜不足,玩之浅薄无味。诗歌若得学养滋润,其格也厚,其蕴也深,含英咀华,味之不尽。然以学识入诗,断非字字用典之谓也。若养成掉书袋习气，无典则不能下笔，以致卖弄学问，喜用僻典，诘屈聱牙，不堪卒读，则学问愈大，离诗愈远矣。学诗者宜深诫之。学养深厚者，能与千古哲人诗家精神往来，其诗汪洋恣肆，涵纳古今，潜融前哲之思，了然无痕，直可以与天地同流，与古今同化也。

才情者，才华情致也。古曰诗有别材，此材乃诗人特具之才情也。无才情者断无佳句，若徒逞其学，妄以学理为诗，则不如径去作文可也。才情乃诗人感于宇宙万物，发之为情，不受俗世羁绊，不受尘规拘束，情之所至，浑然忘我，才之所至，点化万物，故情到之处，虽宇宙之大，稊米之细，皆可为诗。故才情放旷真率者可与论诗，言行拘谨乡愿者则终生无望为诗人矣。

阅历者，诗与行合一之谓也。诗人行走天下，于万里长路间俯仰山水，放情烟霞，感怀风物，体察人情，则天地之思、生死之感、万物之兴，皆注于笔端。诗人于行走之间，山川皆充书案，万物皆当诗材，上下四方古往今来奔来眼底，其诗自然涌出胸外。故行走一事，关乎诗体甚大。诗人阅历既深，践履既丰，其足迹所至皆触其情，皆增其感，培植其怀抱，养益其学识，激扬其才情，久之则沉淀蕴蓄而为诗。此放翁所谓之诗外功夫也。

癸巳岁尾,辑录近二三年之诗作百十首,订成舒旷诗稿卷四。披览旧作,不胜惭悚。因感于诗道,略抒心得一二于右,权作小序。

时在癸巳年腊月初十日

翰墨清品

书学管窥之一:守道兼权,大象未乱

西晋书法家索靖《草书势》曰:

> 圣皇御世,随时之宜;仓颉既生,书契是为。科斗鸟篆,类物象形;睿哲变通,意巧滋生。损之隶草,以崇简易;百官毕修,事业并丽。盖草书之为状也,婉若银钩,漂若惊鸾,舒翼未发,若举复安。虫蛇虯蟉,或往或还,类婀娜以赢赢,欻奋鼍而桓桓。及其逸游盼向,乍正乍邪,骐骥暴怒逼其辔,海水窊隆扬其波。芝草蒲陶还相继,棠棣融融载其华。玄熊对踞于山岳,飞燕相追而差池。举而察之,又似乎和风吹林,偃草扇树,

枝条顺气，转相比附，窈娆廉苫，随体散布。纷扰扰以猗，靡中持疑而犹豫。玄螭狡兽嬉其间，腾猿飞䶂相奔趣。凌鱼奋尾，蛟龙反据，投空自窜，张设牙距。或若登高望其类，或若既往而中顾，或若偃侻而不群，或若自检于常度。于是多才之英，笃艺之彦，役心精微，耽此文宪。守道兼权，触类生变，离析八体，靡形不判。去繁存微，大象未乱，上理开元，下周谨案。骋辞放手，雨行冰散，高音翰厉，溢越流漫。忽班班而成章，信奇妙之焕烂，体磊落而壮丽，姿光润以璀璨。命杜度运其指，使伯英回其腕。著绝势于纨素，垂百世之殊观。

舒旷按：右录西晋书家索靖之《草书势》一文，铺排华美，状草书之神貌甚为形象。然其中若干论述，虽为譬喻，实蕴深意焉。如"舒翼未发，若举复安"八字，状草书之动静相间之态，极为精到。草书妙在动静相宜，亦舒亦收，亦举亦安。无舒则不见其奔放之姿，无收则失其蕴藉之美。老子云"无往不复"，正是此意也。今人为草书，只务狂纵，不知时加收敛，乃"举而未安、往而不复"也。

"逸游盼向，乍正乍邪"八字，亦内含妙理。草书妙在亦正亦邪，时俯时仰，顾盼相向，跌宕生姿。时如骐骥暴怒，时如和风吹林，时而庄严正大，时而倜傥风流。"守道兼权，触类生变"八字，揭出草书之精髓也。守道者，守中道也。草书自有法度规矩，可狂而不可怪，可纵而不可异。草书要知守正，俾使狂而不怪，纵逸而不乱。兼权者，知权变也。草书妙在能触类生变，不袭旧貌，随心赋形，妙化无穷。若形体板滞，千字一面，布局单调，气息不畅，则草书神采尽失。

"去繁存微，大象未乱"八字，最为紧要。草书之妙，在于抽象，去其形而存其真，得其神而忘其象。然则此种"去繁存微"之变化，须超乎象外，不离法度。若逞意胡为，任性狂怪，则徒成墨戏，非为书法也。故"大象未乱"一句，乃足为作草者之诫也。

乙未春日于善渊堂

书学管窥之二：古质今妍，会美俱深

南朝宋书法家虞龢《论书表》曰：

> 臣闻爻画既肇，文字载兴，《六艺》归其善，八体宣其妙。厥后群能间出，洎乎汉魏，钟张擅美，晋末二王称英。羲之书云："顷寻诸名书，钟张信为绝伦，其余不足存。"又云："吾书比之钟张，当抗行；张草犹当雁行。"羊欣云："羲之便是小推张，不知献之自谓云何？"又云："张字形不及右军，自然不如小王。"谢安尝问子敬："君书何如右军？"答云："故当胜。"安云："物论殊不尔。"子敬答曰："世人那得知。"夫古质而今妍，

数之常也;爱妍而薄质,人之情也。钟张方之二王,可谓古矣,岂得无妍质之殊?且二王暮年皆胜于少,父子之间又为今古,子敬穷其妍妙,固其宜也。然优劣既微,而会美俱深,故同为终古之独绝,百代之楷式。

舒旷按:虞𫖯论二王,拈出"古质今妍"四字,极妙。纵观吾国书法史,自上古之甲骨钟鼎之文,至秦之小篆、汉之章草隶书,演变至晋唐,则楷草行书均达到鼎盛时期。上古之钟鼎篆籀,古朴苍茫,浑厚大器,加之岁月流逝,字体剥蚀,更显其苍古浑朴之风范。李斯之秦篆刻石,比之上古夏彝商鼎之文字,其妍美之态,流丽之姿,彰显秦之时代审美观念。楷书亦然。北魏乃楷书滥觞时代,如东莱云峰山之郑文公碑,堪称楷书之祖,字体开张,敦厚朴茂,望之森然,有肃穆苍茫之气。钟繇比之二王,质朴端庄,藏而不露,素淡天然,读之令人得恬淡冲和之气。二王借古开新,别创一格,妍美流便,华丽飘逸,读之令人神畅。汉魏朴茂敦厚之书风,至此大变。信夫古质今妍之语也!

然质与妍,二者何为上,实难分轩轾也。学书者不可以偏执于一端。譬犹钟王,皆垂范百代,不可因个人之偏好而厚此薄彼也。二王遒媚劲健，变化多端，然媚而不妖，妍而不弱，流便而不俗，其姿态万千，流转华逸，皆纯任天然，毫无矫揉造作之气。此所谓妍而兼质者也。钟繇之书，虽朴质无华，然细究其笔法，亦富于变化，妍美内藏，顾盼多姿，抚之令人不生厌倦。此中奥秘，端在于朴厚而不板滞单一也。此所谓质而兼妍也。故知古之善书者，必质妍兼备，妍美而不失朴质，朴质而不失妍美。故孔子云：质胜文则野，文胜质则史，文质彬彬，然后君子。质而不野，妍而不俗，方臻上乘也。

质妍之辨，亦有另一层深意。人方少时，意气昂扬，洒落不羁，故其书亦多求华美妍丽，务流畅狂逸。盖此时心喜外骛而不善内省，血气张扬而不能内敛之故也。及其年长，血气既定，方知内敛固藏，其书亦变狂逸为淡泊，由华丽而转为朴素。繁华落尽，返璞归真，风流蕴藉，人书俱老。此所以二王暮年皆胜于少之故也。

乙未年三月于善渊堂

书学管窥之三：学养该赡，鉴写相长

东晋女书法家卫铄《笔阵图》云：

> 夫三端之妙，莫先乎用笔；六艺之奥，莫重乎银钩。昔秦丞相斯见周穆王书，七日兴叹，患其无骨；蔡尚书邕入鸿都观碣，十旬不返，嗟其出群。故知达其源者少，闇于理者多。近代以来，殊不师古，而缘情弃道，才记姓名，或学不该赡，闻见又寡，致使成功不就，虚费精神。自非通灵感物，不可与谈斯道矣！

又云：

　　善鉴者不写，善写者不鉴。善笔力者多骨，不善笔力者多肉。多骨微肉者谓之筋书，多肉微骨者谓之墨猪。多力丰筋者圣，无力无筋者病。

又云：

　　若执笔近而不能紧者，心手不齐，意后笔前者败；若执笔远而急，意前笔后者胜。又有六种用笔：结构圆备如篆法，飘飏洒落如章草，凶险可畏如八分，窈窕出入如飞白，耿介特立如鹤头，郁拔纵横如古隶。

舒旷按：卫夫人《笔阵图》论书学颇有可观之处。学书之要，首在师古；师古之要，首在传神。学书者若不师古，徒逞己意，任性恣为，则日久必入邪道。师古者，非仅亦步亦趋，刻意模拟古人之笔画，得其皮毛，取其形似，而是师其精神，得其古意。师古而不泥于古，师古不死于古人笔墨下，师古而不羁绊于古人之藩篱，才是真师古者也。

师古人须知出入。要入得古人,又出得古人。只入不出是死学呆汉,只出不入是盲学狂人。今人多侈言创新,而耻于师古,不知堕入恶道,下笔浅薄,狂怪而乏古意。虽亦有稍具天资者,能略备流丽率真之格,然终因韵味寡薄,而使人观之生厌。何哉?以其不师古,便觉笔墨轻浮,不耐人寻味也。

师古者,须与古人神交,若遇老友,炉边长谈,虽通宵达旦而不知倦。每临古人碑帖,先须知此友性情怀抱,而后乃能得其神气,谙其精髓,获其心魂,而遗其形貌。而泥古者恰相反,乃遗神而取貌,一旦脱离古人碑帖,则手足无措,笔下全失分寸,此死于古人者,乃庸书者也。

"学不该赡",亦是今人大弊。今人习书者,以为学书仅为笔画结构布白而已,不知即使技法圆熟,形体规整,亦未可称善书者,盖卫夫人所谓"不能达其源也"。何谓书之源也?书法之源,乃在学养,未有学养浅陋而书道臻于极境者。学养深,则书道远;学养浅,则书道近。习书者之高下,终取决于学养,而非笔墨小技。此理验之于古今,皆无例外。学养深者,其书韵高而味厚,满纸书卷气息,使人味之不尽。书法如此,绘画亦同此理。

"善鉴者不写,善写者不鉴"一句,亦颇堪玩味。鉴者,鉴赏也，品鉴也。学书重在品鉴，品鉴则赖于品位。品鉴之功，乃学养日积月累渐次而成。品鉴之功成，则笔下自有神韵。若无品鉴之功，徒知模仿，则断不能成就书中圣手。古人尤重读帖之功。习书者须常置名帖于书案几榻之上，乃至行囊之中亦必有帖，犹如时时偕古人以同游，晴时看，雨时看，坐时看，卧时看，家中看，行旅中亦无时不看。舟船车马旅次之中，手不释帖，日久乃自得品赏鉴别功夫。读帖之功，胜于临帖。读中有思，有品，有审，有析，不唯养吾气质，抑且助吾品鉴之力，使吾知书之高下、雅俗、深浅、厚薄。此眼力者，非唯腕力也。鉴与写，当并行不悖，不可对立视之。只写而不鉴，如夜行之人，不辨方向，摹写一世，徒解形似；只鉴不写，懒于动笔临帖，恰如野狐谈禅，终落不到实处。故卫夫人"善鉴者不写，善写者不鉴"一语，予所不敢苟同也。学书者，当写不废鉴，鉴不辍写，鉴写相长，庶几可成大家。

卫夫人所言骨肉之分亦可观，妙在"多骨微肉"四字。妙书如佳人，骨肉停匀者为最佳。骨胜肉，则过苍过刚，乏圆润丰美之姿；肉胜骨，则少挺劲峭拔之势。多骨易枯，多肉易肥，枯肥皆病态，令人生厌，不能久视也。要在不走极端而执其中也。譬如观人，挺俊朗健玉树临风之少年，可谓美矣；而丰腴华贵雍容典雅之少妇，亦为美。颜之筋与柳之骨，苏之丰美与黄之劲健，子敬之婉转与觉斯之狂逸，皆美也。美无定格，各有其妙。

乙未年四月于善渊堂

书学管窥之四：凝神静思，意在笔前

王羲之《题卫夫人〈笔阵图〉后》云：

> 夫欲书者，先乾研墨，凝神静思，预想字形大小、偃仰、平直、振动，令筋脉相连，意在笔前，然后作字。若平直相似，状如算子，上下方整，前后齐平，便不是书，但得其点画耳。

舒旷按："凝神静思"与"意在笔先"两句，最为切要。夫书者，必神清气爽时方得佳作。作书者凝神静思，使精神内敛而不外骛，心思宁静而舍躁气，此时心志精纯，用志不分，乃凝于神，下笔乃能神妙。若心存杂念，精神动摇,心浮气躁,则笔墨必浅薄而无神,章法必乱,气韵全无。所谓"意在笔前",言意志精神之作用必在用笔之先。将作字,宜先作意。作意者,使心思专注、精神郁勃之谓也。若右军书兰亭,必先有雅静悠然超脱淡泊之思,尔后乃能得天下第一行书之从容散淡典丽畅达之气韵。颜鲁公书祭侄稿时,必先存慷慨悲壮之志,乃能得天下第二行书之苍茫朴重浩气满纸之气象。书者作字,非徒以笔画之妍美整饬而取悦于人。凡书法史上之佳什,必浸透充盈书者之精神意志。书者之情志愈充沛,其笔墨愈能感动人心。若书者寡无情趣,作字时意思寡淡,徒然描摹笔画,则字必呆滞如僵尸,使人生厌也。书者之情志,或振奋张扬,或淡泊幽静,或肃穆凝重,或畅爽豪迈,总须精气凝郁,如满弓待发,不抒不快;及其下笔,则字字含情,字字带意,神完气足,仪态万方。而意不同,书风亦殊异。此意在笔先之妙,善书者自能悟之,而俗者难通也。

右军又云:

> 若欲学草书,又有别法。须缓前急后,字体形势,状如龙蛇,相钩连不断,仍须棱侧起伏,用笔亦不得使齐平大小一等。每作一字须有点处,

且作余字总竟，然后安点，其点须空中遥掷笔作之。其草书，亦复须篆势、八分、古隶相杂，亦不得急，令墨不入纸。若急作，意思浅薄，而笔即直过。

舒旷按：右军言草不宜急，此最是行家语。不谙草书之道者，以为书草字者必意狂笔疾，匆匆一挥而就。观张旭怀素草书，笔走龙蛇，云烟满纸，故以为颠张狂素书草字时必狂野迅猛之极，此大谬也。书草字者，最忌意思急切，心志狂躁。草字虽形如游龙翥凤，然书者心不宜急，志不宜躁，手不宜乱，若大战之中，万军冲杀，山摇地动，而将帅自岿然不动。故书草字之时，宜散怀抱，放心游于九天之外，然心不乱。布白点画虽灵动飞扬，而笔墨丝毫不紊乱也。作草字，亦须如楷字，笔笔送到，无一笔荒率，无一笔意思混乱。故作草字，意欲静，怀宜散，墨须沉，笔不浮，心戒躁，布白忌乱，笔画忌混淆不清，总须笔墨灵妙而不滞，心意淡静而不浮，情志飞扬而无拘束，然后以神驱笔，以志制墨，方能收纵自如，墨沉入纸。今人书草，但知狂扫，意气用事，不加敛束，遂躁气满纸，望之散乱无章，恶俗之极。不知草字自有规矩。方家出入规矩，驱遣笔墨，而达自由之境。俗者或不知规矩，随意变乱古法；或但知循规蹈矩，拘拘然若囚犯，则死于规矩之下。此中之趣，宜深思之。

乙未年春末于善渊堂

书学管窥之五:心手两忘,入妙通灵

南朝齐书法家王僧虔《笔意赞》云:

书之妙道,神彩为上,形质次之,兼之者方可绍于古人。以斯言之,岂易多得?必使心忘于笔,手忘于书,心手达情,书不忘想,是谓求之不得,考之即彰。乃为《笔意赞》曰:剡纸易墨,心圆管直。浆深色浓,万毫齐力。先临《告誓》,次写《黄庭》。骨丰肉润,入妙通灵。努如植槊,勒若横钉。开张凤翼,耸擢芝英。粗不为重,细不为轻。纤微向背,毫发死生。工之尽矣,可擅时名。

舒旷按：南朝王僧虔乃琅琊临沂人，善音律，通文史，工书。孝武帝欲擅书名，而僧虔不敢露其能，常用拙笔书，以此见容。齐太祖曾问僧虔：朝内书谁为第一？僧虔对曰：臣书臣中第一，陛下书帝中第一。齐太祖笑曰：卿可谓善自为谋矣。

僧虔《笔意赞》中论书，重书之神彩而轻形质。神彩者，书之内在精神气质也。书之精神气质虽托之以形质，形之于笔画间架，然绝不能等同。书之神彩，乃书者之气质性情胸襟修养之自然外化。此所谓养之于内，化之于外也。修养深厚者，其书自有神彩，其韵味必厚重，字里行间流露一种气象，呈现一种风度，笔墨间自有神韵。此所谓功夫在诗外者也。学书者，初重形质，力求法度，着意于外；然欲臻上乘，必致力于内，养其气质，拓其胸襟，陶冶其性情，涵育其德操，超拔其气象，如此内功既成，其书必大进，俾使形神兼备，方契书之妙道。修养高深者，虽字形笔墨抑或稍次，然其书凛凛然自有一种生气，使人不厌，此书外功夫也。故学书者，不唯须摹临名帖，亦当习古文、学诗词，乃至习音律、抚古琴，以增益其人文修养，日日与古人同游，与上下古今之贤哲精神往来，胸中养得古意盎然，形之于书，必古雅雄秀，神姿焕发也。此字外之功，不可不知也。

"心忘于笔，手忘于书，心手达情，书不忘想"十六字，极堪玩味，其妙在一"忘"字。"忘"者一字，在描绘书者之精神状态也。庄子有"坐忘"一说，乃得道之象。坐忘者，忘怀天地，与物同化，及至无我、无人、无众生、无寿者。此庄子所谓"与天地精神往来"，抑孟子所谓"上下与天地万物同流"之境界也。书者到此极忘情处，手不知有笔，心不知有手，物我两忘，精神达到极度超越之境地，手随意转，意随心生，心手合一，融汇无间，忘怀笔墨，其书遂臻于神妙。若刻意铺排，有意造作，忸怩作态，拘拘于笔画布局而不能放，则其书必乏神彩。何故？以其不能忘怀之故也。不能忘，则焉能放？不能放，则焉得天然神妙哉！一有刻意，则失天然；一失天然，则堕恶道。

《庄子外篇·刻意章》云：若夫不刻意而高，无仁义而修，无功名而治，无江海而闲，不道引而寿，无不忘也，无不有也，淡然无极而众美从之，此天地之道，圣人之德也。王僧虔所谓"心忘于笔、手忘于书"，正是庄子所言"不刻意而高也"。书者恬淡无为，忘怀天地，及至无得失之心，无美丑之辨，无成败之机，无毁誉之欲，纯然虚静，心无杂念，如此斯可与天地参。此谓天道也，非人为者；此谓神遇也，非刻意求之也。故僧虔曰:求之不得,考之即彰。能谙此道,则自然入妙通灵矣。

乙未年五月于善渊堂

书学管窥之六：拘放自如，任意合心

梁武帝萧衍《答陶隐居论书》云：

> 夫运笔邪则无芒角，执笔宽则书缓弱，点掣短则法拥肿，点掣长则法离澌，画促则字势横，画疏则字形慢；拘则乏势，放又少则；纯骨无媚，纯肉无力；少墨浮涩，多墨笨钝，比并皆然。任意所之，自然之理也。若抑扬得所，趣舍无违；值笔廉断，触势峰郁；扬波折节，中规合矩；分间下注，浓纤有方；肥瘦相和，骨力相称。婉婉暧暧，视之不足；棱棱凛凛，常有生气；适眼合心，便为甲科。

舒旷按：右录萧衍论书一文，拈出中国书法美学史上诸多聚讼不休之命题，若拘与放、骨与肉、肥与瘦、浮涩与笨钝等，虽不深入，亦足启发。万事万物皆有阴阳矛盾。天地之妙，在于执两用中，不走极端，于矛盾中求得均衡，于矛盾中求得和谐。此天地之道也，书道亦然。字有疏密，墨有浓淡，格有拘放，韵有庄媚，皆为对立之矛盾也。然书中圣手，能取其中庸，得其天和。苟达中和之境，则书法必臻上乘。劣书则择其一端，不能通权达变，过犹不及，皆害中和之美也。

若拘与放，即须拿捏尺度。拘者，心态谨重而不能放也。谨重可得庄严肃穆之美，故书亭殿之匾额，官家之奏表，必心思收敛，气象庄严，下笔持重，以求其敦穆厚重之美。然若心态太过拘束，下笔太过谨重，则未免失之于板滞无味。故须于凝重之外，别有放旷之怀抱，意念潇散，心与天地同游，然后纵笔直书，乃得天趣。若徒拘拘不敢放手，不能放心，不知放怀，则终不脱匠气。有人以为书楷隶篆须收，不可放；书行草须放，不能收。此皮相之论也。书楷隶篆亦须知放，不能放则笔墨死矣，格局小矣，气韵滞矣。书行草亦须深知收敛之道，否则一味放纵，狂乱恣肆，满纸躁气，粗鄙不堪，此过放而少则之故也。即使书狂草，亦须有典有则有法。否则放辟邪侈，必堕恶道。历数古代草书名手，如张芝，如怀素，如子敬，如王觉斯，皆深谙收放之道。于痛快淋漓、一泻千里之狂放笔墨中，必时有顿挫收束之笔，故狂而不乱，放而能收，流丽而时见厚重，放旷而时见苍郁。若一味狂纵，则少变化，此拘与放之辩证法也。故鲁公书楷，因其知放，故格局大，气势足，境界阔。学颜字者，每失之板滞，此不能体悟鲁公放旷大器之气象之故也。子敬书草，因其知收，故其气韵典丽而不狂野，笔意从容而无躁气，逸态逍遥，洒脱出尘，纯任天然，毫无矫揉造作之气。

萧衍"纯骨无媚、纯肉无力"八字，亦甚得书之三昧。字多骨而少肉，虽骨力崚嶒、硬挺拔峭，然终乏气韵、挺而不润，有力而无势，失之于干枯。如美人多骨而无肉，视之足可憎恶。字多肉而少骨，虽丰腴滋润，然或失之过肥，此卫夫人《笔阵图》中所谓"多肉微骨者谓之墨猪"者也。若美人多肉而肥腻，无挺俏之姿，乏超拔绝尘之态，亦复使观者倦怠也。墨猪之讥，正是戳到痛处，然非下笔厚重之谓也。有评东坡字为墨猪者，为不能识东坡"骨中带肉、肉中有骨"之妙也。东坡字虽丰润，然丰而不肥，润而不腻，诬为墨猪，洵非公正之论也。骨与肉，不可偏执，必使骨肉停匀，丰瘦适度，枯润得所，方为佳构。此关用笔之法，亦涉用墨之道。用墨多则易润而肥，或失之钝笨；用墨少则易枯而瘦，或失之浮涩干硬。故书者于用墨用水亦须讲究，必使浓淡相宜枯润适度而后可。即萧衍所谓"肥瘦相和，骨力相称"者也。婉婉暧暧者，得其肉者也，故柔媚温婉，仪态万方，丰韵可人，视之不足；棱棱凛凛者，得其骨者也，故豪气浩然，风骨劲拔，观之令人意气昂扬，而感常有生气也。

乙未年五月于善渊堂

书学管窥之七：气宇融和，精神洒落

欧阳询《八诀》云：

澄神静虑，端己正容，秉笔思生，临池志逸。虚拳直腕，指齐掌空，意在笔前，文向思后。分间布白，勿令偏侧。墨淡则伤神彩，绝浓必滞锋毫。肥则为钝，瘦则露骨，勿使伤于软弱，不须怒降为奇。四面停匀，八边具备，短长合度，粗细折中。心眼准程，疏密敧正。筋骨精神，随其大小。不可头轻尾重，无令左短右长。斜正如人，上称下载，东映西带，气宇融和，精神洒落。省此微言，孰为不可也。

又《传授诀》与《八诀》略似，亦有可观者，其中曰：

> 每秉笔必在圆正，气力纵横重轻，凝神静虑。当审字势，四面停均，八边具备，短长合度，粗细折中，心眼准程，疏密欹正。最不可忙，忙则失势；次不可缓，缓则骨痴；又不可瘦，瘦则形枯；复不可肥，肥则质浊。细详缓临，自然备体，此是最要妙处。贞观六年七月十二日，询书付善奴授诀。

舒旷按：欧阳询《八诀》与《传授诀》，其文辞偶有重复，然论书时有妙绝之语，学者须细审而深悟之。"澄神静虑，端己正容，秉笔思生，临池志逸"四句，论书者临书时之精神准备。凡作字，不可仓促为之，若神志混沌，精力不济，胸中滞有尘杂闲事，致使思虑纷纭，此时断不可作书。匆匆上阵，草率命笔，其神必散，其字必劣。古人作字之先，必沐手熏香，摒尘想，除杂虑，务使心平气和，胸无积滞，此正心敛神之道也。心思端正，则下笔畅爽无碍；心思邪乱，则临书神志浊散。古人所谓"神来之笔"，必得自于神思澄澈之时。当此际，书者神与天地相接，心思远抛尘寰之外，纵笔从容，妙笔生花。欧阳询言"秉笔思生，临池志逸"，其中"逸"字极妙。"逸"者，纵逸、飘逸、散逸之谓也。神思旷放，不为羁束，从容来去，任性自然，此为逸也。书者既须凝神静思、用志不分，又须体悟散怀逸志、放旷不羁之妙。若凝而不能散，静而不知逸，则非真凝，亦非真静。不能散之凝，谓之固；不能逸之静，谓之滞。一入固滞，神气全失。

布白之要，在于"停匀"二字。停匀者，均衡也，和谐也，非言平均也。书家之布白谋篇，必知粗细、轻重、正欹、疏密、险稳、短长、疾徐之辩证法，必使气韵和谐而富变化，乃为佳构。如欧阳询书多险绝，擅用欹势，然必于险绝中见稳健，欹势里含中正。若显而不能稳，欹而不能正，则不可久视矣。赵松雪字，结构缜密，遒媚匀称，然细读其《与山巨源绝交书》诸名作，皆于正媚中见险绝，柔和中见苍劲，温润中见骨格，缓匀中见峻急，规矩中见超迈，行家自当识之。柔润太过，则伤于软弱；劲健太过，则伤于骨气外露，失含蓄之美。故欧阳询曰"肥则为钝，瘦则露骨，勿使伤于软弱，不须怒降为奇"，怒降者，狂躁也，乃故为纵逸之态，有矫揉造作之嫌。当下之表演派伪书家，作字必作剑拔弩张状，此所谓"怒降为奇"者，其字必狂怪，不堪睹矣。

"斜正如人,上称下载,东映西带,气宇融和,精神洒落"数句,言一篇书作之整体气象。一篇书罢,纵观全局,必气韵和谐,前后一贯,精气饱满,浑然一体者,方为上乘之作。字与字相互呼应,行与行相互映带,四面停匀,八边具备,神完气足,生动从容,观者手不忍释卷,百读而不厌。

"最不可忙"四字,极为切要,此语不唯指作字之疾徐,更指作字之心态。今日之社会,浮躁之弊日甚,书家亦受浸染,故不能静。应酬往来,贻误书道,心既忙乱,字必沦为粗劣,气象猥琐,不堪卒读。"最不可忙"四字,正是当头棒喝。书者须养得一团静气,如此下笔必圆正和润,有大家气象也。

乙未年五月于善渊堂,雨后天朗气清,甚畅

书学管窥之八：得心应手，妙用无穷

虞世南《笔髓论》中《辨应篇》曰：

> 心为君，妙用无穷，故为君也。手为辅，承命竭股肱之用故也。力为任使，纤毫不挠，尺寸有余故也。管为将帅，处运用之道，执生杀之权，虚心纳物，守节藏锋故也。毫为士卒，随管任使，迹不凝滞故也。字为城池，大不虚小不孤故也。

舒旷按：中国书法理论善用譬喻，辞妙而旨远，与西人美学话语模式殊异。王逸少、虞永兴、孙过庭等名家，皆言及书法艺术中各主体之功能，虽用语稍异，其旨意大体相通。君臣佐使将帅士卒城池阵地之譬喻，言各方之责，述各门之用，备极精妙。心为君，书者写心也，非唯描画也。书之风，任心而转，随心而应变，故字千姿百态，皆心画也。故习字者，必先修心，不修心，则书无神彩，不修心，则墨失韵味。心即书者之学养、趣味、格调、胸怀、境界之总称也。以心驱手，以手任力，以力运管，以管领毫，心手合一而相应，管毫转移而写意，气通神达，不使丝毫凝滞。然心亦不可放纵过甚，力不可狂竭过甚，管不可摇动过甚，毫不可凌乱过甚，总须有所收束，知其方寸，秉其法度，即虞世南所谓"守节藏锋"也。要在君臣佐使将帅士卒各司其责，纤毫不乱，然后城池可守，阵地能固也。《辨应篇》须揣摩此一"应"字，能得心应手、心手相应者为上。

又《释真篇》曰：

  右军云：书弱纸强笔，强纸弱笔；强者弱之，弱者强之。迟速虚实，若轮扁斫轮，不疾不徐，得之于心，应之于手，口所不能言也。拂掠轻重，若浮云蔽于晴天；波撇勾截，若微风摇于碧海。气如奔马，亦如朵钩，轻重出于心，而妙用应乎手。

舒旷按:"书弱纸强笔,强纸弱笔;强者弱之,弱者强之",逸少之经验谈也,而识者甚稀。所谓"弱纸"者,即软而薄弱之纸也。"强笔"者,即笔势迅捷、笔意疾速之谓也,而非下笔强劲而用钝力之意也。盖纸质薄弱,若笔势不猛,拖沓缓滞,则必致墨色堆涨漫漶,笔画饱肥而臃肿,如此则字必失神采。故遇弱纸,必下笔迅疾,志意宜猛,断不可犹疑怠慢,务使神骨清峻,而忌肥臃呆滞。此犹画家所言"怒气写竹"也。强纸者,谓纸质刚而厚者也,遇此种硬朗厚重之纸,下笔宜缓徐有致,不可强拉硬拽,意志欲带和气,从容不迫,笔笔送到,务使力透纸背,方得深沉和润之趣。若下笔过于疾速仓促,用墨轻浮而带躁气,则墨色不能入纸,有骨而无肉,轻狂而乏深沉韵味。故用弱笔以驭强纸,如此则力能入纸;用强笔而驭弱纸,如此则墨不淤滞,此之谓"强者弱之,弱者强之"。

故善书者,须知迟速虚实之道,疾徐相宜,轻重有度,得之于心,应之于手,疾而不狂不躁不轻不浮,徐而不肥不肿不板不滞,轻重出于心,妙用应乎手。此强弱阴阳之道,书者宜悉心悟之,而不可言也。

乙未夏日于善渊堂

书学管窥之九：收视反听，契妙无为

虞世南《笔髓论》之《契妙篇》云：

> 欲书之时，当收视反听，绝虑凝神，心正气和，则契于妙。心神不正，书则欹斜；志气不和，字则颠仆。其道同鲁庙之器，虚则欹，满则覆，中则正，正者冲和之谓也。然则字虽有质，迹本无为，禀阴阳而动静，体万物以成形，达性通变，其常不主。故知书道玄妙，必资神遇，不可以力求也。机巧必须心悟，不可以目取也。……字有态度，心之辅也；心悟非心，合于妙也。且如铸铜为镜，明非匠者之明；假笔转心，妙非毫端之妙。

必在澄心运思至微妙之间，神应思彻。又同鼓瑟纶音，妙响随意而生；握管使锋，逸态逐毫而应。学者心悟于至道，则书契于无为，苟涉浮华，终懵于斯理也。

舒旷按：虞世南《契妙篇》所谓"收视反听"者，乃书者临书时之忘我状态也。"收视"者，乃忘却世事，摒弃俗见，尘间万事万物皆抛之度外，纵于车马喧嚣之中、歌舞游宴之际，亦心静如水、岿然不动。此间唯有一个心在。此心与上下天地同游，脱却俗事羁绊。因而所谓收视者，乃收心、放心之法也。收心者，不闻世事，不为外物所动，寂寂然，浑浑然，只此心与笔在，方可契妙。若书者心不能静，志不能定，逐骛外物，满耳皆是尘嚣市声，则神思散乱，下笔必无章法，目迷五色，必不能得道。放心者，乃舒放其心，使心不为物羁縻也。将此心放于天地宇宙之间，思接寰宇，心与物游，此太白所谓"俱怀逸兴壮思飞，欲上青天揽明月"之时也。故书者不唯须知收之道，且要洞察放之理也。但收放虽殊，其归为一，一者何也？乃守心也。作字者当守得此心，苟能守心，则能收能放，收放自如也。

"反听"者，返观内心、听于我心之谓也。反者，回归也。人生此世，为外物所羁，为欲望所驱，为俗事琐务所缚，心灵不能舒展，胸怀不得畅爽，久之遂忘怀自我，丧斫内心，乃至不知有我在，不知有心在，与世浮沉，迷离终生，失其家园，忘其故所。老子云：大曰逝，逝曰远，远曰返。返归自我，返归内心，脱却俗累，复归自然，此乃老子云"复归于婴儿"之旨意也。故虞世南曰"反听"，乃返归于内心与自我，听从内心之召唤。当作字者由外部世界转归内心世界之时，其与尘世渐远，而与神妙渐近。故作字之妙，自不必力求，而自然神遇也。

"字有态度，心之辅也"八字，甚有深意。态度者，精神气质性情姿态也。字有人也，若人神情呆滞而无态度，则纵然是绝世美女亦可憎厌也。故字必有态度，有个性，或倜傥洒脱如二王，或纵横不羁力能夺人若觉斯，或敦厚庄严磊落大方若颜鲁公，或狂逸自得开张从容若米元章，或温润雅致高贵端庄如赵松雪。凡有态度者，皆有个性；凡具个性者，皆可爱。故作字，最可憎者在无态度，泯灭个性，徒知摹拟，此书者大忌也。然字之态度，乃由心生，无心何来态度？故欲字有态度，先须悟心、修心、培心也。摒弃浮华，专心向道，澄心运思，不染俗尘，则此心自然不同凡响。苟得此心，则所书态度自生，自具自家面目。

故书法者，乃自性之显现也。书者胸中浮华既尽，则心之遮蔽自然冰释，心蔽既除，真我乃见，自心乃生，道妙乃存焉。

乙未端午于善渊堂

书学管窥之十：古不乖时，今不同弊

唐孙过庭《书谱》云：

> 夫质以代兴，妍因俗易。虽书契之作，适以记言；而淳醨一迁，质文三变，驰骛沿革，物理常然。贵能古不乖时，今不同弊，所谓"文质彬彬，然后君子"。何必易雕宫于穴处，反玉辂于椎轮者乎！

舒旷按：孙过庭《书谱》一文，历来为书家所推崇，乃我国书法理论史上重要文献。《书谱》中若干理论创造，远迈前贤，启迪后学。然此文袭沿六朝骈文之风，文字务求古奥，行文务求绮丽，其真知灼见往往为其繁缛华美之文句所掩，排铺虽极炫目，而其思松散凌乱，苦不能深入。六朝文风，害人不浅也。

"质以代兴，妍因俗易""古不乖时，今不同弊"四句，殊精警耐看。书法艺术与其他任何艺术一样，每时每刻皆处于演化迁移之中，一时有一时之好尚，一时备一时之风规。时风日新，书风亦日变。岂有不变之时代，又岂有常恒之书风乎！书道迁移，其美则一。就其变者而言之，每一时代书家必变革前人，虽言复古者，亦不能不变。韩昌黎倡言古文，尤宗汉法，然昌黎文自具昌黎面目，不复为扬雄司马相如文也。赵松雪书风高古，宗绍二王，然松雪字自有崭新面目，其风规不复为魏晋也。何故？时代不同故也。就其不变者而言之，则古今佳作，其美则一，无论古今，无论风貌，无论好尚，皆合范式，皆符美学之规律也。李斯篆，典丽规整；邓石如篆，飘逸雅致。相距两千载，面目迥异，其美则一，不可厚今而薄古，亦不可薄今而厚古。

要在"古不乖时，今不同弊"。学书须揣摩古人，楷则前贤。若目中不见古人，不以古人为师，不知临帖，而恣逞己意，久之必堕恶道；其书必乏古意，既失高古典雅之态，其字必俗不可耐焉。然师古不可泥古，不能死于古人笔墨。

须师古人之气象，而非摹写古人笔画也。模拟虽工，遗神而取貌，徒成古人之复写纸矣。此书家之悲也。所谓古不乖时，即师古而鼎新之意也。师古乃所以知往，鼎新乃所以启来者。王子敬师乃父，然有新意，其行草已超越右军，开一代新风。右军师钟张，然其飘落洒脱之气，远迈钟张，一新时人之眼目。此皆古不乖时之则式也。《书谱》抑子敬而扬右军，受制于时议，与"古不乖时"之主张不合也。此《书谱》之自相矛盾处，读者不可不深察之。

所谓"今不同弊"，乃就创新言。今不同古，今人师古，然不必不如古。须知书者，艺也；艺者，既有超越一切时代之美学仪轨，又必烙上时代之特殊印记。故每一时代，必有能者，卓然而出，集古人之菁华于一身，又能别开生面，反映时代之风貌，所谓亦古亦新。正如石涛所言："我之须眉，不能长在古人之面目。"韩愈云："文章合为时而著。"故学艺之道，无新意则必湮灭，无自家面目则必为美学史所抛弃也。故言今不如古者，不足与议也。然一味强调创新，亦易生流弊，逐鹜时流，趋附世俗，名为求新，实则功利，刻意矫揉做作，以奇诞为新，以狂怪为尚，渐趋下流，遂丧雅正之体，而生甜俗怪诞之弊。学书尤不可师今人。有学书者，攀附名流，模拟其书风，唯求酷肖，以此招摇而沽世誉。学书宜溯古而上，断不可以当今之书家为师，否则眼界既隘，风范又不能高古，偶博时誉则可，欲窥书道之堂奥，则难矣。

故学书者贵在能师古而得其神，能知今而采其风，拟古而不泥于古，通今而不媚于俗。故能引领一时之风尚，而不被时流所捆缚。孟子尝誉孔子曰"圣之时者也"。古今之卓越书家，亦可谓"圣之时者也"，合于时而不乖于古，承于古而能得其时，不必薄古而厚今，亦不必厚古而薄今。质与文，因代而异，妙在文质彬彬、古意新风而兼备。此孙过庭所谓"古不乖时，今不同弊"之深趣也。

乙未年五月于善渊堂

书学管窥之十一：五合交臻，神融笔畅

孙过庭《书谱》云：

又一时而书，有乖有合。合则流媚，乖则雕疏。略言其由，各有其五。神怡务闲，一合也；感惠徇知，二合也；时和气润，三合也；纸墨相发，四合也；偶然欲书，五合也。心遽体留，一乖也；意违势屈，二乖也；风燥日炎，三乖也；纸墨不称，四乖也；情怠手阑，五乖也。乖合之际，优劣互差。得时不如得器，得器不如得志。若五乖同萃，思遏手蒙；五合交臻，神融笔畅。畅无不适，蒙无所从。当仁者得意忘言，罕陈其要；企学者希风叙妙，虽述犹疏。

舒旷按：历代书家于书法创作，每有妙论，惜多散乱无章，如灵光乍现，霎间即逝，难以追寻。孙过庭《书谱》中对于创作论尤为重视。虔礼自述少时便痴迷书艺，颇悟书中妙道。《书谱》曰："余志学之年，留心翰墨，味钟张之余烈，挹羲献之前规，极虑专精，时逾二纪。有乖入木之术，无间临池之志。观夫悬针垂露之异，奔雷坠石之奇，鸿飞兽骇之姿，鸾舞蛇惊之态，绝岸颓峰之势，临危据槁之形，或重若崩云，或轻如蝉翼，导之则泉注，顿之则山安。纤纤乎似初月之出天崖，落落乎犹众星之列河汉。同自然之妙有，非力运之能成。信可谓智巧兼优，心手双畅。翰不虚动，下必有由。"此段辞藻华美，其要者乃在于毕述书家内心之体悟。字有殊形，心有殊态，心随形动，形因心生。书者之心神百移千变，则其书之风貌必各有别。妙在心手双畅，笔墨酣然，我手写我心，此际必有佳作生焉。

《书谱》中言五合五乖者，乃古今书法创作论中精妙之议也。合者，心手相应、得心应手者也。乖者，乃心手乖离、笔墨蹇涩、神气不通之谓也。五合五乖，总括书法创作之五宜五忌，既涉及创作之客观条件与情境，又论及书者之心志神态等主观条件，非有亲身体验者不能悟也。

五合，乃五宜之谓。一曰神怡务闲。书者，宜心神宽畅，身上不杂俗务，乃能端坐于纸前，绝虑凝神，摒去尘想，心境怡然，而神贯注于笔墨。务闲而后心定，心定而后气静，气静而后笔畅。欧阳询所谓"最不可忙"，正此义也。

二曰感惠徇知。书者欲书之时，感于友朋之深谊厚恩，心动神驰，衷心喜悦，乃后有佳作。论语云：有朋自远方来，不亦说乎？书者，交流沟通之具、酬答问讯之方也。古之妙札，多出佳作。王羲之《十七帖》，乃逸少书中龙也，皆为酬答友人之书信也。文风简约淡远，情感真挚淳朴，其书流畅散淡，随心所欲，精妙朗润之极。如《积雪凝寒帖》云："计与足下别廿六年，于今虽时书问，不解阔怀。省足下先后二书，但增叹慨。顷积雪凝寒，五十年中所无，想顷如常。冀来夏秋间，或复得足下问耳。比者悠悠，如何可言？"读此小简，深感情义长远、思念不尽之义也。深情如此，能无佳作乎？王珣之名作《伯远帖》亦如此。信中"分别如昨，永为畴古，远隔岭峤，不相瞻临"四句，何其真挚，何其沉痛！故书者有此深情，乃后生此千古佳作也。

三曰时和气润，四曰纸墨相发，二者皆外在条件也。若《兰亭序》所云："群贤毕至，少长咸集，此地有崇山峻岭，茂林修竹，又有清流激湍，映带左右，引以为流觞曲水，列坐其次，虽无丝竹管弦之盛，一觞一咏，亦足以畅叙幽情。是日也，天朗气清，惠风和畅，仰观宇宙之大，俯察品类之盛，所以游目骋怀，足以极视听之娱，信可乐也。"此时书者于时和气润之际，神气怡然，洒脱自得，心手相畅，能无妙作邪？纸墨笔砚若佳，必如虎添翼也。陈槱《负暄野录》论笔墨砚甚详。俗论云"善书者不择笔"，不足为训也。若得上等宣纸，精良好墨，细润佳砚，再加软硬修短合度之妙笔，书者必情畅神怡，跃跃然而欲施墨，勃勃然而欲展纸矣。此时纸墨相发，笔砚相合，可谓得器而顺心，得心而应手。此时偶有佳兴，作字之欲望遂不可遏止，此乃"偶然欲书"者也，因谓之"五合"。综上五合，上得天时，中得心境，下得佳器。然过庭所谓"得时不如得器，得器不如得志"，乃为知者语也。

若书者临书，神志仓猝而不从容，身心钝怠，意念倦烦，又屈从情势，勉强成书，又兼天候不利，粗纸滥墨，劣砚秃笔，当此际也，书者心劳思遏，书必蹇涩不通，欲得上乘佳什，难乎其难哉！

乙未年五月于善渊堂

书学管窥之十二：通会之际，人书俱老

孙过庭《书谱》云：

> 若思通楷则，少不如老；学成规矩，老不如少。思则老而逾妙，学乃少而可勉。勉之不已，抑有三时，时然一变，极其分矣。至如初学分布，但求平正；既知平正，务追险绝；既能险绝，复归平正。初谓未及，中则过之，后乃通会。通会之际，人书俱老。仲尼云，五十知命，七十从心。是以右军之书，末年多妙。当缘思虑通审，志气和平，不激不厉，而风规自远。

舒旷按：书者，生命之艺术也。吾人之生命，由初生而至童婴，由童婴而至少年，由少年而至青壮之年，再由青壮之年而至老年，童稚渐至跃动，跃动渐至成熟，成熟渐至圆融老辣、从容持重。年华日逝，精神境界亦日新日进，渐臻至境。此乃生命之自然规律也。故孔子云：吾十有五志于学，三十而立，四十而不惑，五十而知天命，六十而耳顺，七十而从心所欲，不逾矩。此生命之轨迹也，亦心灵之成长史也。

人生如此，书艺亦必如是。少年之时，血气正盛，生机勃郁，故好动而厌静。故人少年学书，喜作飞扬之态、跃动之姿，而少典重之仪、苍茫沉着之韵。少年之作，清秀润茂，气息纯美，干净朴素，流畅婉丽；而老年之作，苍远劲健，古茂厚实，气味沉穆，顿挫雍容。何以异也？以其年岁既长，阅历既丰，识见日广，胸襟益开，涵养日厚，其于世界与生命之感悟必日深。内养于心，外露以笔墨，生命精进无疆，书艺自日新月异矣。

少年与老年之书作，其予人之美感亦不同。观少年之作，俊朗秀致，令人愉悦，如聆少年之歌，如读少年之诗；其歌激扬而引人高亢昂扬之情，其诗清妙可人使人精神畅爽而不倦。然少年之书，易流于薄轻流利而乏厚重沉雄之美，跃动狂躁有余，而静潜冲淡之味不足，虽雅秀可喜，然因清浅浮滑，不耐久看。颜鲁公之楷书，早岁清秀严整，章法森正，然过重规矩，标致有余，而古拙之韵则不足，不能高古。及至晚年，沉敛朴讷，老辣雄茂，虽不修边幅，而粗头乱服不掩其内在之大美，览之无厌，如嚼橄榄，愈嚼愈得其味。人至老境，人生万千况味皆尝过，俯瞰风云，笑对沧桑，俯仰无不从容，此孔子所谓"从心所欲而不逾矩"之境界也。此乃天地境界，自由境界也。少年之作，多求媚于世，以得世人之誉；老年之作，唯写吾心，上下与天地同流，不复仰世人之鼻息，遂决断樊篱，冲破规矩，打掉枷锁，得精神之大自在哉！

故人生境界不同，书道亦必三变。初则以学成规矩为主，故宜以中正为上，必规矩森严，结构平正，气味和雅，点画不苟，乃能立之。且不可少年气盛，逞意妄为，狂肆而不知自束，恐规矩不立，根基不固，气息不归雅正，则终生无可救药。如少年行为荡漫，纵性胡为，德行不端，及壮必致祸焉。此乃书道之第一境也。此第一境，要在雅正，所谓立本也。

既知平正，务追险绝，此书道之第二境也。由少年之始通规矩，而渐至自我风格之探索与确立。艺术即风格也。

倘若艺术家不能形成自我之独特风格，如石涛云"不能揭我之须眉"，则终生作书奴画奴矣。书者规矩既立，格局已略备，此时宜勇猛精进，冲破规矩，以无畏之精神，以睥睨千古之弘大愿力，开拓探求，在万千书家中拼杀，日与古人相搏战，方能成一代书杰。颜鲁公学魏晋人，又得张旭笔法，然奋力打出天地，遂迈前贤之上。黄鲁直米元章辈，又从唐人羽翼中挣扎而出，独开新径，敢立自家门户。故历代之开宗立派者，必有大格局，怀大愿力，有大勇气，方能以卓绝之毅力，于书道有所创新。画家李可染云："以最大之功力打进去，以最大之勇气打出来。"第一境乃求打进去，而第二境力求打出来。能入则规矩立，能出则风格成。能入而不能出，则死于古人规矩；不入而妄求出，则风格之基石不固。第二境要在能破、求新，虽有时险绝过度，然非破古不能立己，非精进不能成己。勇气格局学养不足者，断不能为。

然而既能险绝，复归平正，此第三境也。笔墨至此，万千绚烂复归于平淡，如人至老年，阅尽世间繁华，遂去尽狂气，洗却逐骛之心，返还内心，复归婴儿之纯朴简单。书家至此，笔墨不复为炫技示学之工具，亦非博取世人赞誉之手段，更非换取五斗米之凭借。放下尘烦，笔墨随心，游神造物，渐至无为之境。此时人书俱老，并入佳境。回归单纯，回归简朴，回归平正，于平正自然中见得深厚功力，于平淡无奇中显出卓绝不凡。此书道之第三变也。此变要在回归，乃返璞归真之意也。

第一境须知正道，务根本；第二境须知变化，求自我；第三境须知回返，乃老子所谓"大曰逝，逝曰远，远曰返"之意也。返而通，通而达，达而化，化而圣。当此际也，一任天然，物我同化。

乙未年五月十八日于善渊堂

书学管窥之十三：骨气遒润，众妙攸归

孙过庭《书谱》云：

> 至有未悟淹留，偏追劲疾；不能迅速，翻效迟重。夫劲速者，超逸之机；迟留者，赏会之致。将反其速，行臻会美之方；专溺于迟，终爽绝伦之妙。能速不速，所谓淹留；因迟就迟，讵名赏会？非夫心闲手敏，难以兼通者焉。假令众妙攸归，务存骨气；骨既存矣，而遒润加之。亦犹枝干扶疏，凌霜雪而弥劲；花叶鲜茂，与云日而相晖。如其骨力偏多，遒丽盖少，则若枯槎架险，巨石当路，虽妍媚云阙，而体质存焉。若遒丽居

优，骨气将劣，譬夫芳林落蕊，空照灼而无依；兰沼漂萍，徒青翠而奚托？是知偏工易就，尽善难求。虽学宗一家，而变成多体。莫不随其性欲，便以为姿。质直者，则俓侹不遒；刚佷者，又崛强无润。矜敛者弊于拘束，脱易者失于规矩。温柔者伤于软缓，躁勇者过于剽迫。狐疑者溺于滞涩，迟重者终于蹇钝，轻琐者染于俗吏。斯皆独行之士，偏玩所乖。

舒旷按：书道即人道。书格即人格。故一切书学理论，必以人始，亦以人归。书学乃至文学、美学，常以人为譬，以生命为喻。何故？以作书、审美、为文者，皆是人也，乃人之性情流露发动所成也。此种美学特征，中外古今皆备。钱锺书先生曾云：中国固有之文学批评之一大特征，即是文章之人化或生命化。实则何独文章为然，中华一切艺术哲学与美学岂非皆同此理邪？《周易·系辞》云：近取诸身，以通神明之德，以类万物之情。故一切艺术，皆为人也。故中国固有之书学、画学、文学，皆善以人譬。《文心雕龙·风骨篇》云：辞之待骨，如体之树骸；情之含风，犹形之包气。中国人评一文，论一字一画，常以骨肉气力神魄形髓肤脉而喻之，其例不胜枚举，可谓比比皆是。翁方纲论文章独拈出"肌理"一词，精思卓识，令钱锺书赞佩不置。实则生命化之美学观念，乃一切中国美学之特征，非独文学批评也，殊不足为奇。

孙过庭《书谱》中亦云：书之为妙，近取诸身。以身为譬，不亦宜哉！人性各殊，故书韵各异。因此虽同宗二王，颜鲁公自成其壮美面目，而董香光别具柔润之态，此孙过庭所谓"虽学宗一家，而变成多体。莫不随其性欲，便以为姿"之意也。性格朴质直率者，下笔坚直劲挺，乏婉转遒媚之姿；性格刚健狠劲者，作字必鼓努用力，争强斗狠，而少润泽柔缓之韵味。性格拘谨收敛而不能放旷者，下笔束手束脚，若羁于缰绳，不能纵逸豪放。而性格轻率简慢者，下笔轻浮，率性变体，不得章法。性情持重者，书风厚重而有失灵动。性情急躁者，书风轻快爽朗而有失沉潜。此皆性之偏执者也，故其书亦不能不偏执也。中国人之最高生命哲学与艺术哲学为"中和"二字。"喜怒哀乐之未发，谓之中；发而皆中节，谓之和。中也者，天下之大本也；和也者，天下之达道也。致中和，天地位焉，万物育焉。"书之最高境界，亦为中和。必刚健而不失遒润，雅正而不失开张，柔缓而不失劲挺，厚重而不失灵秀者，为上佳高妙之作。偏于一格而不能中和,工于一性而不能圆通,终不能成书中圣手也。孙过庭《书谱》中所谓"众妙攸归,务存骨气;骨既存矣,而遒润加之",正乃中和之义也。

《书谱》中"未悟淹留,偏追劲疾;不能迅速,翻效迟重"几句,尤堪回味。行笔迅速劲疾者,得其力;行笔淹留迟重者,得其韵。然皆不可太过。用力过猛,下笔太疾,鼓努狂躁,则韵味不足。王铎之草,下笔劲爽之极,如疾风扫落叶,令观者心畅神驰。然观摩玩味久之,则稍觉韵味不足。何也?乃不知迟重顿挫之故也。书狂草亦要时有淹留之趣。须放而能收,如驰骏马,虽能一日千里,然亦时时须知勒马停驻、悠然赏会之妙,一味狂奔疾驰,则略丧意趣。此书草者不可不戒之也。初学书者,往往偏追劲疾,如幼马纵蹄,不知遏制其激情。而老来弄墨,既知淹留凝重,又乏灵动飞扬之气、风流婉转之姿,此老年之弊也。俗谚曰:少要持重,老要张狂。真乃富含辩证意味之妙语也,用之于书学,不亦然乎?

乙未年七月大雨于善渊堂

书学管窥之十四：法既不定，事贵变通

张怀瓘《书议》云：

> 然草与真有异。真则字终意亦终，草则行尽势未尽。或烟收雾合，或电激星流，以风骨为体，以变化为用。有类云霞聚散，触遇成形；龙虎威神，飞动增势。岩谷相倾于峻险，山水各务于高深。囊括万殊，裁成一相。或寄以骋纵横之志，或托以散郁结之怀。虽至贵不能抑其高，虽妙算不能量其力。是以无为而用，同自然之功；物类其形，得造化之理。皆不知其然也，可以心契，不可以言宣。观之者，似入庙见神，如窥谷无底。

俯猛兽之牙爪，逼利剑之锋芒。肃然巍然，方知草之微妙也。

又云：

子敬年十五六时，尝白其父云："古之章草，未能宏逸。今穷伪略之理，极草纵之致，不若藁行之间，于往法固殊，大人宜改体；且法既不定，事贵变通，然古法亦局而执。"子敬才高识远，行草之外，更开一门。夫行书，非草非真，离方遁圆，在乎季孟之间。兼真者，谓之真行；带草者，谓之行草。子敬之法，非草非行，流便于草，开张于行，草又处其中间。无藉因循，宁拘制则；挺然秀出，务于简易；情驰神纵，超逸优游；临事制宜，从意适便。有若风行雨散，润色开花，笔法体势之中，最为风流者也。逸少秉真行之要，子敬执行草之权，父之灵和，子之神俊，皆古今之独绝也。

舒旷按：上录张怀瓘《书议》两段，乃张评历代草书之语也。张评历代草书之大家，列伯英第一，叔夜第二，子敬第三，而逸少居第八。世人读之者，恐颇觉讶异。怀瓘固知世之俗陋者皆以逸少为尊，而偏出直言排逆时议，非有胆识者不能为此也。怀瓘辩曰："人之材能，各有长短，诸子于草，各有性识，精魄超然，神彩射人，逸少则格律非高，功夫又少，虽圆丰妍美，乃乏神气，无戈戟铦锐可畏，无物象生动可奇，是以劣于诸子。得重名者，以真、行故也，举世莫之能晓，悉以为真、草一概。"故怀瓘以逸少为行书第一，而草书仅列第八，此书家之禀赋各异故也。逸少长于真、行两体，其书圆润风流，庄媚互见，蕴藉遒婉，灵动和顺，颇悦人眼目。逸少字如贵胄簪缨之家，富丽丰足而诗书礼乐不废。故其书神态逸然，而莫不中规中矩，媚而不妖，婉而能庄，逸而非狂，处处含蕴而少外露，此书之中和之境也。兼乎众美，归乎众妙，而合于众人之口味。故千百年来，无论庶民帝王，皆宝之，千载而下之书家，咸以之为范本楷则。何也？以其能兼权和中也。俗者每议书艺，皆以逸少为尚，殊不问来由，何其荒谬哉！独张怀瓘能不顾俗论，排无眼有耳之众议，斟酌权衡，而独出真言，此怀瓘自述之"冀合规于元匠，殊不顾于聋俗也"。其难遇知音，岂非在意料之中耶？

逸少之不能擅草，何也？以其不能旷放狂纵故也。书草者，须秉壮士歌酒之豪气，名士啸吟之狂气，如荆轲萧然于易水，若太白醉游于江湖，放浪形骸，不顾妍丑，哭笑歌啸，忘怀天地，岂能求媚于俗眼，讵知世间之毁誉？故能草者，必生性狂旷不羁，心在千古之上，而神游八荒之外，视俗名为粪土，置世议于不顾，然后乃能纵笔直扫，舞墨狂写。如颠张狂素，披发而迷醉，视众人若无物，而后乃能思与神通，手若鬼御，变化莫测，不能自已，书罢掷笔，视之而不能自信出于己手也。逸少不能草，乃因其不能狂而忘我之故也。故妍媚有余，而旷放不足，圆润规矩有余，而弘阔开张则不足。临右军字者，自当识之。若不悟此理，则必死于右军笔下，转成媚俗之态，而乏放旷之姿，纵使世俗誉之，亦必落入下乘。张怀瓘《书断》云："若逸气纵横，则羲谢于献；若簪裾礼乐，则献不继羲。"此真知二王者也。

子敬白右军所言："古之章草，未能宏逸。"可谓切中要害。章草之法，虽古雅规秀，然偏于局促，拘束安谨，乏纵横倜傥之气，观之令人不畅。喜书章草者，多性情谨重而不开张，以方圆规矩胜人，而不能以神气夺人，其美感之震撼力固不可与草书同日而语也。故子敬观逸少之书，知其创新之处,亦深谙其局限与因循保守之弊。所谓"改体"者,乃劝羲之之变通古法,自创新规,勿为古法所羁绊。子敬言"法既不定,事贵变通"八字,可见其自许之高、魄力之大、格局之广、眼光之远也。无此魄力格局,何谈变通,遑论独创?子敬之草,其器朗神俊、超拔纵横气概,远迈乃父,开启书学千载新风。故二王父子于书学各有千秋,学者宜悟其绝妙处,亦宜悟其局限处,不可随附时议,人云亦云,有耳而无眼也。张怀瓘云:"父之灵和,子之神俊。"乃为中允之言。羲之书介于真行之间,妙在清雅端秀、耐人寻味;献之书介于行草之间,妙在放逸神飞、令人畅爽,有不可一世之气概。若以草书言之,逸少笔墨犹有未到处,以其无纵横之气耳。故张怀瓘论二王草书得失,云:"逸少草有女郎才,无丈夫气,不足贵也。"语虽刻薄,其理尚可参照也。

  行草书比之真行书更具个性,故其抒情达意之力更胜于真行。子敬所开辟之新法,非草非真,兼真带草,故既有真行之雅致秀美、遒丽生动,又有行草之狂放不羁、畅达无碍,观历代之草书妙品,皆必在草行之间优游自在。书家于书草之时,神驰思纵,达到完全自由之状态,此自由之心灵,乃草书之魂,此自由之境,实草书之魄也。当此身心自由之时，书者欲放则放，欲收则收，或一泻千里，笔墨一贯而下，如冲决江河，巨岩崩岸，或凝神顿挫，如诗人中夜徘徊，愁思迴萦，意念不尽，时流时停，时散时郁，时抑时扬，时而闲庭信步，时而电掣风驰。宜强则强，宜弱则弱，亦庄亦谐，亦狂亦狷，此草体美学之神妙处也。其抒发情感之巨大力量，亦缘于此。吾人观草书之名作，莫不手之舞之足之蹈之，乃至哭笑不能自抑，而后乃知草书之力量也。故张怀瓘云："四海尺牍，千里相闻，迹乃含情，言惟叙事，披封不觉欣然独笑，虽则不面其若面焉。妙用玄通，邻于神化。"

　　任何艺术形式当其臻至自由境界之时，创作者之性情亦自然流出，难以掩饰，而草书正是此种自由境界之代表，嬉笑怒骂，一任天然，自性显露，神人交合。当此际也，心手莫辨，人神共醉，书者不觉其为书者，观者不觉其为观者，此谓之神化。故草书之妙，妙在忘情；忘情者，无我、无人、无世界之境地也。书者能忘情，乃能见神矣。

乙未年七月于善渊堂

书学管窥之十五：书者法象，万象归心

张怀瓘《六体书论》云：

> 臣闻形见曰象，书者法象也。心不能妙探于物，墨不能曲尽于心，虑以图之，势以生之，气以和之，神以肃之，合而裁成，随变所适，法本无体，贵乎会通。观彼遗踪，悉其微旨，虽寂寥千载，若面奉徽音。其趣之幽深，情之比兴，可以默识，不可言宣。

又云：

> 若乃无所不通，独质天巧，耀今抗古，百代

流行,则逸少为最。所以然者,古质今文,世贱质而贵文,文则易俗,合于情深,识者必考之古,乃先其质而后其文。质者如经,文者如纬,若钟张为枝干,二王为华叶……故学真者不可不兼钟,学草者不可不兼张,此皆书之骨也。如不参二家之法,欲求于妙,不亦难乎!若有能越诸家之法度,草隶之规模,独照灵襟,超然物表,学乎造化,创开规矩,不然不可不兼于钟张也。盖无独断之明,则可询于众议;舍短从长,固鲜有败书,亦探诸家之美,况不遵其祖先乎!

舒旷按:书法之功能,不唯有纪事载史之用,具教化载道之力,亦抒情达意之所由藉也。故中国两千年以来,皆倡书道,天子庶民,皆以精通书艺为荣。童蒙入小学,首必习字,端己正容,以培育美感、涵养人格、陶冶情操。故书学对于吾国之文化而言,非唯实用之文字学,亦非唯如绘画同类之美学,实乃吾国之道德学也。就此意义而言,书学即人学,人之品操境界,皆蕴含于书学之中,书之气象格调,即人之气象格调也。

张怀瓘《书断·序》云:"昔庖羲氏画卦以立象,轩辕氏造字以设教，至于尧舜之世，则焕乎犹文章。其后盛于商周，备夫秦汉，固其所由远矣。文章之为用，必假乎书；书之为征，期合乎道。故能发挥文者，莫近乎书。若乃思贤哲于千载，览陈迹于缣简，谋猷在觌，作事粲然，言察深衷，使百代无隐，斯可尚也。及夫身处一方，含情万里，摽拔志气，黼藻情灵，披风睹迹，欣如会面，又可乐也。"

此段言书法之功用甚详。书乃人为，故书之道，契于人道，富含人情。吾人观千年前之碑帖，其作书者虽已成古人，然睹其手迹，观其流丽敦朴之风，严整旷放之气，规矩纵逸之势，则知其为人，如对故友，相距千载而若促膝围炉，其超越时空之快乐，何可言哉！故习书者，宜于书技点画之外，知此书道之真正玄妙处，乃在于超越吾人时空之局限，而与古人精神同游。当其披览陈迹、抚摩古帖、拜瞻旧碑，其怀古思慕之情，越千载而弥烈，此书法之伟大力量也。虽今日计算机时代，国人日常沟通已罕用手书，然书法之魅力仍不能泯灭，书法之传情达意教化审美之功能亦不可废，虽千百年后亦不可废也。

古人造字，仰观俯察，星云鸟迹，天地万物，皆纳于胸中，采而法之，作而为文，是谓象形也，尔后乃有形声会意之属。故张怀瓘云"形见曰象，书者法象"者，取法宇宙之万有也。故书法虽非绘画，能直接描绘形象，然其法象状物之力，有以过之。其以抽象之线条，纳万有于笔墨，虽无色彩形象，而使人得披览天地之大愉悦，此书法之神奇处。乃知书法之法象，乃为间接抽象之模拟万象，而非直接具象之复制万象，此书画之别也。张怀瓘曰："心不能妙探于物，墨不能曲尽于心，虑以图之，势以生之，气以和之，神以肃之，合而裁成，随变所适，法本无体，贵乎会通。"此语要在诠释法象之理也。书家法象，非为外象，而采其神，苟得其神，而舍其象，则书契于妙道。张旭观公孙舞剑而悟书法之妙，遂其草入妙通灵，臻于化境。自然万物之美纳于书家胸怀，皆滋养书家之笔墨，给予书家以创作灵感。故书者，宜登山，观云海，于松风云涛中得山川之灵气；宜临沧海，观波诡云怒，于风驰雷激中得生命之浩气。又须观太极之舞，仙鹤之翔，虎豹之奔跃，游鱼之从容潜腾，而后乃悟书法飞动呼应之妙，得书法婉转灵和之姿。书者还须听古琴，聆五弦之妙音，知疾徐抑扬之变化，于音乐中悟得书法跌宕起伏激缓迴萦之节奏美感。故卓越之书家，乃能于天地万有之中，汲取灵感养分，从舞蹈音乐等其他艺术中获得启迪，而后融之于书法线条，形之于笔墨布白。万物归心，心含万物，妙探于物，曲尽于心,心外无物,心物相接,随心而变,应物会通,此书法之最上境界。故书为人道,而终契于天道,书者达此,庶几圣矣。

书者既知法象,又当追古,知古质而今文之道。故学篆者,当上追李斯,乃得遒劲巍峨之气、灵妙端雅之姿。学真书者,须上追元常,摹宣示诸帖,方知真书之祖,气本敦穆,体势宽博,韵味蕴藉而内敛,有高古森茂气象。习草书者,若不知颠张狂素之飞跃奇纵,习行书者,若不追二王之风流宛逸,则终不入道,徒然逡巡于外而不能登堂入室、窥其堂奥。故学书者,宜探源追根,索隐知本,方可体悟大道,归于正途。张怀瓘云:"今不逮古,理在不疑,如学文章,只读今人篇什,不涉经籍,岂成伟器?"此语非谓今必不如古之义也,乃教后学者取法乎上、追溯源头也。学者若不谙上追之道,则悟道必浅近,如学米芾者,若不能上追二王,则终不知米元章何以妙也;学黄鲁直之狂草者,若不能上追颠张狂素,则终不知鲁直草字之超妙处。故本源既清,脉络始明,温故知新,乃能渐入佳境。

乙未年七月于酷暑中撰就

— 萍踪闲品 —

惟有寒松见少年

——妙峰秋游记

从妙峰归来的几日里，无缘由地竟对学业鄙视并且憎恶了起来，人言"徜徉于山林泉石之间，而尘心渐息"，这大约便是自然的特别的魅力；的确，微观经济学的面孔毕竟不如山野里的丹枫白露来得亲近。这样想着，思绪不觉又浸在妙峰山斑斓的秋里了。

乘颐和园的班车，个把钟头的时光，至北安河下，便到了鹫峰的山脚。沿着石径迤逦上山，秋风吹着，夹着一丝的清凉气；满眼是飘扬的苇花与浅黄的衰草，内心里很满意于这种荒凉与朴直的味道。山上的烟火不多，偶尔可见几户人家，使人想起巴比松派的乡村风景画；想着每日里清风白云、山川林岫的清享，好生羡慕此中人福气。

山上有尼姑庵,曰金仙庵,大约建于辽宋时代;遗憾的是早已没有尼姑,而做了北大的一处生物实验站。大约是类似于北京四合院式的建筑,庵内的古迹一样也寻觅不到了,只有两株须四人才可合围的参天的古银杏树,举目仰望,一片金黄,几乎将整个院落罩在其中。庵内住着一对朴讷的夫妇。渐近黄昏了,夜色悄悄地笼上来,正是杜甫《野望》中所吟的"独鹤归何晚,昏鸦已满林"的时候;女主人忙着在灶下煮饭,袅袅的炊烟,与夜色弥散在了一处。

庵里有电,七位凡夫俗女腹内大快,涮羊肉的滋味似乎比燕春园的清新而且醇正。饭后,打开庵门,立在高台之上,只见山下一片灯火闪烁,方圆几里,如密密麻麻的萤火,蔚为壮观。在这苍茫的夜色之中,我忽有一种俯视红尘的感觉;想山下的每一处灯光里面,必都含着一篇故事;而我们,仿佛脱离于红尘,凡俗的喜怒哀乐、悲欢离合,都与我无干了。面对着这纷繁辉煌的灯火,我们的心境,似乎含着一些超脱与怜悯,甚至还有一些嘲笑在里面。不知当年尼姑庵的主人们,在远眺这凡间灯火的时候,该作何想。今夜无月,头顶上繁星点点,我想,那是天上的灯火罢。

狂乱了半夜,早上起来时,太阳已高,相约观日出的妙想已成渺想矣。山里的安详会让人忘怀一切的。阳光很绚烂,似乎很久没有见着这么新鲜的了。灰喜鹊在银杏树林里飞舞,鸟声叽啾,此间忽觉有一种生气。牧羊人早已上山来,敏捷的小松鼠在林间欢快地窜跃,这真是一个难得的发现。一个多么安闲而美丽的早晨啊!

坐在一块磐石之上,背后是参天的古松,这让人想起徐悲鸿先生那幅国画《西山古松柏》,转而又想起唐人刘长卿的诗句:"山僧独在山中老,惟有寒松见少年。"除开首两个字不确外,用在此处,再切不过。除了鸟鸣声,一切都静悄悄的,群山万壑,还在雾的梦里香甜地安眠。偶有一两片叶子凋落下来,声音清脆而凝重。周围的静默,使人极易生出无为的思想;并非不能为,而是不想为,在这片静穆、安详的山野,我们似乎什么也不必做,只须依在自然的怀里,悠然陶然地酣睡去。

几只白颊鸟在我头顶的松树上盘桓翔集,如入无人之境,竟然不惧我这庞然大物。我知道,它们处惯了山里的和平与友睦,还不曾体味伤害的含义,所以也一样地待我。附近有长流的泉水,《归去来兮辞》里说:"登东皋以舒啸,临清流而赋诗",可惜我只会前一种,而不擅后者,如果今日靖节先生来此,他一定会吟出许多佳句来的。

用过早点，七个人沿一条石路向西去，那是昔年老百姓上山朝香的山道。道光年间有民谣曰："奔驰无暇为家艰，稍裕还思游乐闲。春服乘时颇自在，进香都上妙峰山。"这道山径，或凿岩为阶，或铺石为路，在山腰里盘旋缠绕；两边的危岩峭壁，如从半空里倾压下来的感觉。放眼眺望，山谷与山脊的起伏组成和谐的律吕，如临风飘举的女子的裙幅，又如缓缓地扩散着的湖水的纹波；看了一会儿，我似乎有一些酩迷的感觉，仿佛脱尽了身上的重负，直要升到云端里去。大自然使人澄明而感悟。在浑浑噩噩的世俗里，我们只顾低着头，身不由己地忙乱，而无暇去品评生命，享受生命，我们几乎忽视了自己的存在，忘记了世间还有"乐趣"两个字！

妙峰的深秋，正是枫叶最妖娆可人的时候。阳光透射过来，更觉得娇艳可爱。因而记起郭沫若《炉中煤》的诗句："我为我心爱的人儿，燃到了这般模样！"——这枫叶，大约也是为她的心爱者而燃的。在这美丽的尤物前，我也禁不住露出贪婪相，采撷了一帽子，仍嫌不足；真想把整片的枫林都搬回去，捧在手里，留在眼里，印在心里，放到永恒的记忆里去。

金仙庵到妙峰顶，真是一段艰苦的跋涉。途中偶尔可以遇见雪,这在我们倒是一种极难得的新奇的发现,同行的诸君,也得以在十月末的时候,便痛快地打了一回雪仗。走到将近午后,几个人虽然谈笑依旧,却都已有些不胜脚力,于是峰顶的庙宇,只是远远地一望了事。

返回的时候,路过鹫峰的山腰,中有一亭,曰"沐春亭",亭柱上有一联,记得是:"树木树人,江山秀色开智慧;宜丹宜黛,宇宙霞光著精神"。联极佳,康雍先生的字也好,堪称相得益彰。待回到金仙庵,又是一个黄昏来临,我的游记,也只好到此搁笔了。

1992 年 10 月

亦风亦雨司马台

——金山岭长城散记

（上）

从密云游乐场出来，四个人都有一种被欺骗之后的疲惫。同行的 M 君，还晕眩眩的，仿佛高空翻车还在旋转，海盗船仍在那里摇摆。于是密云城也没有兴味停留，便径奔古北口了。

经过一百多华里的山间盘旋，到了古北口的时候，已经是傍晚了。一下车，就觉得有一种新鲜的大自然的气息扑面而来，人心为之舒畅，肺腑为之清爽。映在眼里的，是迎面的逼人的山谷、缓缓流淌的河水；向远处眺望，是浓浓淡淡、连绵不绝的山的叠影。田里的庄稼，早已过了收获的时候,只偶尔可见一些高粱之类,红的穗像施了脂粉的花旦的脸。土地的气味儿,在黄昏的时候,似乎散发得更浓厚些,洋溢在胸里,滋润在口鼻间,让人觉得一种无可言传的快意。

坐在河岸的卵石之上,听溪水淙淙流转之声,树叶随风飘摇之声,秋虫四起齐鸣之声,大自然的诸种音响,在静谧空阔的夜色里,合奏成奇妙恢宏的乐声。野餐实在简陋了一点,可是佐着这清风流水,味道并不比在麦当劳啃汉堡包稍逊。偶尔有一两只蛙腾出来,惊惶地跃入水中,因而记起日本一句著名的禅语:"听,——青蛙跳进古井的声音。"其中幽远、神妙的情调,现在品得似乎更真切了。

夜色渐浓,微雾缭绕在白杨树丛里,地上落叶的金色和卵石的青色要融在一起了。除了我们四个人,一切都在神秘的静寂中安详地呼吸着,神圣、沉毅、博大、永恒的自然的生命,在每个人的心胸里涌动。此时的心境,只想四个人抵足而坐,一盏清灯,一杯酽茶,听长安古筝,咏易安清词,赏烟霞,品国画,看山水,而不宜听崔健,看服装表演,坐碰碰车;这里得到的愉悦,从耳目一直深入你灵魂最深的地方,使整个身心都陶醉在无上的畅意之中,想起密云游乐场那种虚浮、肤浅、幼稚的快乐来,人类的某些所谓文明真有些愚诞可笑。

古北口到司马台,还有近二十华里的路。此时深黛的夜色,将一切裹了起来,只留下微亮的天幕下富有曲线的山的剪影,睡梦中的大自然,更显得安详,美丽,神奇,如蒙娜丽莎嘴角微含的笑意。萤火虫在灌木丛间愉快地飞转,秋虫的声音此时似乎到了高潮,如恋人们呢呢喃喃的低语,又如潮水的波纹,一圈圈地漾开来,初听似不很大,忽而又觉得仿佛整个宇宙都充溢着这种奇妙的交响。

在崇山峻岭之间夜行,是极新鲜的感觉,四个人,轻轻松松地大步前行,亦谈亦笑亦歌亦舞,自在何如,痛快何如!

金山岭的农人,一如此地山水的纯朴。路过一处小村,一位五十多岁的老人将我们领到屋里,倒水,指路,殷勤得使我们有些受宠若惊了。在深夜的山里,一位老人,面对四个陌生的年轻人全没有什么戒备,真实,坦诚,直率,热情得令人吃惊。想起《菜根潭》里"交市人不如友山翁,谒朱门不如亲白屋"的话,真是讲得对极了。

到司马台时,旅馆已客满,主人只好将办公室的长沙发拼起来,权作我们的栖息之所。我毫无睡意。H君拿出《少年维特》,斜倚在一边,娓娓绪绪地读来;其中一些美妙的段节，现在听来自有一种特别的意境。

Y君那边，鼾声早已起来了。

（下）

次日清晨即起，才见外面还飘着微雨。在朦胧的水雾之中，长城的身姿若隐若现，心里不禁微微有一些震动。一对男女在雨里相拥，亦使我感动而且羡慕：人生之中至为珍贵的两样——自然与爱情，他们此时都已拥有。这是在我美妙的秋雨的早晨所见的两幅最美妙的图画。

到我们要出发之时，雨还没有要止的意思，四个人只好冒雨上山。现在回想起来，真要感谢这场雨；李健吾先生雨中登泰山而得泰山之真趣，我们雨中登长城，亦得长城之真趣，雨中的司马台，自有和风丽日所不能比拟的佳处。

以所到过的长城而言，用诗比拟，八达岭整饬宏大如杜子美，慕田峪挺秀伟岸如李太白，而司马台则雄奇峻拔如李贺。在金山岭下眺望，只见当中司马台水库横断南北，东西两侧雄山对峙，一线长城蜿蜒盘旋其上，到水库处则戛然而止，有双龙戏水之妙，真是壮美无比。

没有雨具，四个人撑着一面塑料布在雨里飘摇，空谷来风，颠簸劳苦之情可以想见。可是我们一点也不曾觉得其中苦处。雨中的一切，有着全新的情味儿，秋的色彩——红的枫，微黄的草叶，沉绿的松，都鲜亮得逼人的眼。城墙被雨水洗涮之后，那种青色更显得沉着古雅，全没有焦躁虚浮之气。这一切，我们只有叹赏感激的份儿，哪有工夫去抱恨埋怨呢？

站在长城城堡之上，看千山万壑，如波涛涌动，奔来眼底，让人有一种充实与崇高之感。这山，这城墙，是静谧的，冲和的，可又是沉雄的，有力的。大自然里的我们，如母亲怀抱里娇弱的婴孩，只合放心地小睡；在这沉雄有力的山的面前，我们所能做的，不是征服，而是依托；离开了喧嚣的世俗的生活，我们只有在大自然里才能寄寓我们的灵魂。以前，我总不理解中国山水画里的布局，何以将人置于一个极其次要的位置，甚至比不得一株小松、一片山岩，而现在，我似乎有一些领悟了。

司马台长城的佳处，在于它的不修边幅，粗服乱头，不掩其倾国之色。这段于明朝隆庆年间（1567—1572）由著名将领戚继光督建的长城，经历了四百年的风雨，如今已有些支离破碎。古旧的敌楼，残缺的垛口，斑驳的城墙，处处显得古意盎然，比起八达岭的整饬来，要自然得多、有味儿得多。深信"登临不必深怀古"的我，看到这断壁残垣，也不禁要生几分感慨了。

雨中的金山岭，其晦暝变化，诸种山色，交错纷杂，令人叹为观止。往山下看，绿意朦胧，如一片浅绿山水；往山腰看，苍黛如滴，如大墨重彩；往绝顶看，则苍茫一片，只见层峦叠嶂，似都在眼前奔跃，那简直就是张大千先生的泼墨了。

我们在雨里奔走，品味谈笑，逸兴遄飞之时，则振臂大呼，长城内外，回音四起，心里有一种难言的痛快淋漓。此时的我们，无所挂碍，自可以任心所为，放旷无羁；我可以活我自己的生命，说与做，全凭我的本性所驱使。这里只有绵延的山，沉毅的长城，没有束缚与伪装，我真想把肺腑都拿出来在山里那清凉、自然、新鲜的气息里洗涤一通！

"登高使人心旷，临流使人意远"，雨中的金山岭，确是使人神骨俱清、飘然若仙的。而山上无限的景致与境界，又处处在暗示着大自然的不可穷尽。当我们登上一个峰巅的时候，似乎眼前那座雾霭之中的城堡已是绝顶了，然而峰回路转，待攀上这个，才知道还有更高峻的城堡在前面。

站在仙女楼,眺望身在绝顶的望京楼,觉得是那样切近,又是那样遥不可及、幽不可测。望京楼我们终没有上,只是远远地望它;境界是没有尽头的,我们何必企及穷尽一切,保留一点幻想的神秘的余韵,岂不更好。

午后下山,遇着五六个德国人,我内心里赞赏他们的眼光与识见,竟然不去八达岭,而来到这雨中的偏僻的司马台。到山麓时,不意竟出了太阳,山的色彩立即丰富鲜明起来——这可爱的太阳,总算给我们的金山岭之行画了一个圆满的句号。

出城的时候,我心里念着陶元亮的诗句:"久在樊笼里,复得返自然。"暂别这喧嚣的尘世。而今,坐在返回的汽车上,中关村的灯火又在眼前晃动——我,最终还是不得不回来了。

1992 年 10 月

雪域诗国独寂寥

——青藏纪行

  西藏是诗意的一个源泉。正如敦煌。只是敦煌的想象更为华贵、雍容、大气,西藏的想象更为遥远、神异、隐秘。敦煌是艺术的,而西藏是宗教的。朝思暮想。我到拉卜楞寺,塔尔寺,心里想象着布达拉宫的气质。天空和喇嘛的色彩。转经筒和酥油茶。另外一个世界的生存。对上帝的真诚的膜拜和神往。在那里只要感受,不需要思考。

——给一个朋友的信(1999)

  西藏是宗教的天堂,几乎每一块石头都浸润

着宗教的气息，但西藏又是以艺术为她的最辉煌的展示，无时无刻不触动颤动着艺术的灵感；而敦煌是艺术的天堂，每一面壁画都是艺术上无上的珍品和宝贵的源泉，但同时敦煌又以宗教作为他的灵魂，每一个洞窟都弥漫着令人沉醉和幸福的信仰。这真是奇妙的对比。

——给一个朋友的信（2000）

1999年夏天。甘肃和青海。在细雨中，在炙眼的阳光里，我踯躅于拉卜楞寺和塔尔寺的宫殿与石径之间，天际高远，湛蓝刺痛心腑，灵魂早已飞跃。如果此时温森特·凡·高坐在青海湖的岸边，遥望金黄的油菜花漫山遍野铺展蔓延，如同飞天一带妖娆炫目的长袖；湖水碧澈，如同天使的眼睛可以照见灵魂，他也许会绘出比《向日葵》和《星夜》更灿烂夺目的作品。野花如同繁星，坠落在这片广远的土地之上，骑马踏过，颇合古人"踏花归来马蹄香"诗句的意境。我在距离西藏最近的青海的天空之下，想象着西藏的格调，童年的烂漫而渺茫的梦想，似乎与我如此接近，伸手可得。可是我在最后一刻忽然感到她的遥不可及，我感到我还没有足够安详而宁静的心态来接近心中魂牵梦绕的瑰宝。这个梦想,在我的心胸里继续生长着,她潜藏着,是一种酝酿着的诗意,在我最孤寂的时候给我安慰,给我暂时的沉醉。我对朋友说,西藏和敦煌,不是可以用眼睛观赏的,也不是可以用脚步丈量的,而是要用心灵来感知的,以生命来见证的。可以说,在到达西藏之前,我的诗意的想象已经包裹了她,我的整个身心已经融化在她的光芒里了。

2000年夏天。乱云飞渡。我在青藏高原的上空。雪山在我的俯视之下,那种晶亮的闪光使人神迷。我在内心里对自己说,我来了。此时,我的心境竟是如此安宁,仿佛要回归自己的故园。在这个我曾经想象了千百遍的所在,我丝毫不感到窘迫和不安,这是我心灵的土地。在贡嘎机场,当我的双脚第一次踏上这块土地,张开口呼吸着令我身心陶醉的气息,我内心里不是欣喜和庆幸,而是一种异常肃穆的情绪,面对难以置信的澄净的天空,我紧紧闭上眼睛,心内荡漾着热诚而虔敬的呼喊。

深夜。天空就像一块透明的蓝色玛瑙。我坐在布达拉宫前空旷的广场上。万籁都为之沉默,灵魂此时隐遁到一片温暖的召唤里去,被一种亘古的期待与释放所拥围着。我读过很多关于布达拉宫的诗篇,也见过许多布达拉宫的画面，可是只有这个深夜里，我在内心独自拥有这个信仰的宫殿，这个梦想的都城，心里感觉到如同睡在母亲怀抱的幸福与静谧。我也曾在夕阳西下的时候在她的脚下盘桓，红云奔走，将这些带着诡谲气息的梵宫琳殿烘托得更加神异。布达拉宫的故事与她的宫室一样繁复，但是布达拉宫其实并不需要任何故事，无数信众们发自内心的庄严的崇拜，足以代替所有的神话传说。我看见蓬头垢面的藏人，从遥远的地方匍匐而来，怀抱着节衣缩食省下来的酥油，供奉在佛的龛前。我忘不了那个极其虔诚却流露着迷茫与倦怠的眼神！在宫里数以千计的殿堂间缓缓穿行，几乎所有的人都是沉默的，满眼是慈悲佛像、琳琅法器，喇嘛翻动着长条的经书高声诵读，旁若无人。阳光照射进巨大的白宫，措钦厦里数百个黄缎的蒲团占据了整个空间，五彩的幔帐自巨柱顶部垂下，站在其中，诗思浩淼。登上金顶，整个拉萨都在眼底了，耳朵里是铃铎随风摇摆的清脆的音响，金色的法轮和两旁跪立的小鹿，都在阳光下熠熠生辉。

　　数以千计的酥油灯，一排排燃烧着，灯影摇曳，明灭不定，在昏暗的大昭寺的宫殿里，这些长明的灯火似乎是一种永恒不变的景象。大昭寺是历史悠久的一座寺庙，虽然没有布达拉宫的高渺和雄奇，可是那种含蓄而不张扬的恢宏与庄重的气势，仍然有摄人心魄的力。与布达拉宫依山而建居高临下相比较，大昭寺显得如此浑厚，朴拙，平和，亲切。大昭寺前有文成公主手植的业已沧桑蟠曲的唐柳，有历经千载风霜的唐蕃会盟碑，但是感动人心的仍然是那些活生生的信仰。大昭寺前那些磕等身长头的藏族的佛教信徒，那种巨大的信赖、庄严的姿态、全身心投入的沉醉，都使人感动以至流泪！合掌，举至额顶，庄严注目，默祷，双膝跪下，整个身躯随即匍匐拜倒，如此周而复始。我没有见过如此艰辛而投入的朝拜！有些信徒，自千里之外磕着长头，一步一磕跋涉而来，磨破膝盖和手掌，他们用身体验证着自己的信仰的虔诚，缩短着与天国的距离。不少人在中途劳累致死，当他们倒在自己朝拜之途的时候，是否感到一种皈依的幸福与奉献的满足？尘世的物质与肉体的满足，是藏族佛教徒所轻视的，对于他们而言，更重要的是精神的安详与来世的荣耀。牢固的信仰与可怕的贫瘠，来世的寄托和今生的苦难，这一对悖论，也许永远没有答案。

哲蚌寺的山下，流水潺潺，远处，在巨大的岩石之上，色彩艳丽的佛像，向尘世中的人们俯视。一个衣着褴褛的妇女，在山下一块光洁的长石板上，默默地磕长头。四周如此静寂，时空凝滞，人与神融合为一。我默默地看着她，心里充溢着感动与悲悯的情感。哲蚌寺的规模最为宏大，措钦大殿（大经堂）乃中国最大的经堂，可以容纳八九千喇嘛同时诵经祈祷，蔚为壮观。此时正是正午，老少喇嘛们正在进餐，食物极其简朴，老年喇嘛神态祥和凝重，而小喇嘛们则低声谈笑。空旷的大殿，巍峨的佛像，使人有一种憺然虚渺的感觉，再加上四周没有一扇窗户，更显得幽暗，隐秘，小小的天窗透露着一线阳光，照射在巍巍佛像之上，使人屏住呼吸去瞻仰这唯一的光明圣地。我忘不了在哲蚌寺门前，高耸的经幡柱下，几条狗正在熟睡，它们在阳光之下看起来很安然，很舒适，似乎也在享用佛光的照耀。在哲蚌寺经常见着转经筒，喇嘛们手里摇着的是小小的缀着绿松石或玛瑙的转经筒，寺门外也有着成排的大转经筒，更为有趣的是在山下以泉水驱动的转经筒，饶有情调。

　　与浓重的宗教气息相映照的是八廓街上熙熙攘攘的景象。"八廓"是藏语"帕廓"的音译，意为"围绕大昭寺的街道"。按照西藏佛教徒的说法，以大昭寺为中心环绕一周，谓之"转经"，以示对于供奉于大昭寺内之释迦牟尼的朝拜。那些天生乐天的藏民们，一边摇着转经筒一边微笑着叫卖，他们做生意的方式似乎更是一种信仰的方式，悠然自得，并不急切功利。八廓街上走着各种肤色操着各种语言的人们，与大昭寺前庄严的朝拜相比，八廓街是俗世的样板，是红尘中的呼吸节奏，它迂缓，平静，带着些微自我满足的陶醉。酥油，青稞酒，哈达，氆氇，藏刀，手链，戒指，藏裙，以及各种我所生疏的法器铜像，都吸引我的视线，归来查看行囊，计项链一，玛瑙手链三，藏戏面具一，藏刀三，哈达三，印度香一，牦牛骨雕像三，藏包二，藏裙二，藏帽一，实在是一次疯狂的采购。八廓街是藏民居的代表，色彩暗淡的外墙，艳丽的遮窗布，形成奇妙的视觉对比。据说，在每年藏历四月初八，为纪念释迦牟尼的降生，藏族僧俗民众聚集八廓街，喇嘛和尼姑们搭起帐篷，法号齐鸣，锣鼓铿锵，诵经声此起彼伏，想象那种浩大的崇拜的氛围，实在令人感动。

出拉萨，沿雅鲁藏布江行驶。漫长的旅程，在戈壁和崇山峻岭之间奔跃，那种极端的空旷，令人的灵魂空白，洁净，思绪飘渺。雅鲁藏布江有着宽大的河面，与峡谷中汹涌野性的江水相比，雅砻江地区的支流显得那么恬静，苍苍郁郁的树木，优美婆娑的垂柳，河道蜿蜒，远处的青稞田一望无际，在碧绿的青稞之间，镶嵌着金黄的油菜花，目睹此景，你会怀疑自己是否来到了江南的水乡。正逢雨季,雅鲁藏布江水面比往常更加盛大,浑浊,也更有一种粗犷的味道。有时你看到沿岸柳树上垂挂摇曳的经幡,在碧蓝的天空的映衬下有格外高远的感觉,仿佛人的灵魂要被举到渺茫的天际去。雅砻江地区是藏民族的发祥地,与广漠荒瘠的藏北无人区相比,这是一处让人感到富庶和温暖的所在,从山南首府泽当的馆舍窗口瞭望远方,可以看到莽莽的树木,葱茏的群山,难怪藏民族的祖先把此地作为自己最早的栖息与繁衍之地。西藏民间流传说:"经书莫早于邦贡恰加,地方莫早于雅砻,农田莫早于索当,房屋莫早于雍布拉康,国王莫早于聂赤赞普。"而这些均在山南乃东县境内。扎西次日的山冈上耸立着一座孤城,在蓝天下,这座城池显得如此孤傲,高标自持,卓然独立,雍布拉康,这西藏第一座宫殿,如同一把宝剑刺破云霄。山冈的极顶处,一根长柱上飘荡着五颜六色的经幡,我想到殿里寥寥几个喇嘛,在这远离尘嚣的僻远之地,以信仰填充着生命的孤独寂寥,以整个身心的代价守护着这座有着2200年久远历史的孤城。我不能忘记琼结县藏王墓边的黄昏,那些帝王的陵墓,掩盖于周围绵延的山阜之中,千年的风蚀雨侵已经使真正的王陵模糊难辨。我听到了许多人的歌声,在藏王陵下的路上,一群藏民正神态欢愉地走来,他们正从很远的地方看完藏戏归来,脸上还带着剩余的兴奋。他们的歌唱,所给予我的幸福的回味,绝不逊于佛堂前的诵经,不亚于宫殿中的钟磬。这些高原的虔诚的子民,有着游牧民族的强悍直爽,胸里流淌着一种野性;他们又有着佛教徒的心怀,处世和平,与人为善,在木讷沉默里透着朴质与诚恳。这些幸福的上帝的子民,我在内心为他们祝祷。

我再一次掠过青藏高原的上空。雪山闪亮,灵魂飘忽。我回忆起拉萨的无眠的夜,侧耳静听细雨淅沥,想象着丰润神秘的布达拉宫。我想起泽当的夜,远望贡布日山深黑的剪影,心里是深深的缅怀与宁静。经幡飞舞着,转经筒摇曳着,诵经声此起彼伏,身心俱醉的信徒茫然仆倒……

2000年8月18日夜

我欲因之梦寥廓

——昭乌达草原散记

> 对于北方的偏嗜，毋宁说纯粹出于诗意的想象，在某种意义上，北方更适宜于诗歌的生长，这里的单纯和浑厚恐怕是孕育诗歌的最好的土壤。而这里全部的宗教是阳光和旷野，于苍凉与单调之中反见出更丰厚与恒久的诗歌意象。
>
> ——作者题记

旅行者的嗜好颇耐人寻味。自然，单就嗜好本身而言，本无高下雅俗之分，普天之下，地无论南北，名山大川各具风味，有人喜爱古道西风瘦马的古意与野趣，有人却更愿意流连于小桥流水人家之间的悠然情调，有人欣赏铁马秋风冀北的苍茫大气之美，有人却更乐意盘桓于杏花春雨江南，享用那种润泽与雅致，真所谓胸次有别，各得其所。然而旅行者对于旅行所在的选择，正可以暗示其作为玩赏者的文化偏好与审美眼光。诚实点说，我对于北方较之南方更有一种迷恋与内心的亲近之感，这种感觉，与我的北人身份似乎无关。的确，我虽自诩为北人，但是我所居的胶东半岛近海的风物与意象跟真正的北方情调相去甚远。如果单从好奇的角度而言，南方的秀媚温润与北方的浑厚旷远对于我应该有同样的诱惑，然而我对于南方的风物，总不能引起如同北方一样的兴奋以及身处其中的那种坦然陶醉之感。北方于我，更接近诗歌意义上的乡土。

作为一种文化符号的北方，曾引起许多南人如郁达夫与鲁迅们的持久的神奇的迷恋，这种迷恋几乎成为一种宗教。或许这种迷恋还有历史意义上的好恶掺杂在里面。南方似乎过于悠闲雅致了，那里温润的天候足以诱发人的感官的倦怠，即使再妩媚的风景都似乎不能引起视觉的亢奋。而在北方的景象里，就极少这种慵懒与疲敝之感。对于我这种论调，似乎许多人会有异议。不过这并不妨碍我对于北方的深入骨髓的偏嗜，即使在某些人看来这偏嗜是病的。在我眼里，南方的秀美固然沁人心腑，而北方粗犷大气的景物，也足以令人神往，似乎这种苍凉的景致足以撩拨人的情感的广远与昂亢；而北地风物的单调，在平常眼中自是乏味的起源，在我，却比南方繁复华美的景物更可刺激灵感与思想。那里有一种不为人所知的丰富的单纯和伟大的静寂。赵园在一篇题为《黄河悠久之旅》的随笔中说："我的偏爱荒凉景象、衰飒情调，或许即多少要拜黄河之赐。绮丽的南国虽赏心悦目，却还是单调的北方乡野更可亲近。"真是于我心有戚戚焉。当我在西藏和青海的天空下呼吸的时刻，当我在通往敦煌的丝绸古道上颠簸前行的时刻，当我在三江平原辽远无垠的旷野间驱驰的时刻，我感到"北方"这个语汇在我心中激发的力量和诗情。甚至可以说，我在北方的这些行旅阅历，塑造了我的灵魂与情感，这是在小桥流水浅斟低唱的情调中难以获得的审美愉悦。

在我行驶于内蒙古锡林郭勒盟与昭乌达盟之间的草原上的时候，我才知道真正意义上的北方的风味。其实旅行不必是在某个所在的尽情游览，即使是在行进之中，于风驰电掣之间顾盼四周景物，亦足以悦人眼目。草原并非平展的一整块，这里时时可见低矮的草坂，迂缓的丘陵，曲线柔和绵软，优美无比。其实草原的妙处正在于这种矜持的不加矫饰的浑厚力量。这种力量不是如南方的峭峰奇岭般，试图以奇崛挺拔震人心魄；这里是一种蕴蓄着的美感，从容，坦荡，悠远，磅礴，静默，这是典型的北方的性格。在很多时候，注视这种景色久了，我在内心会有一种沉静深远的感动，这种感动，来自与天际相接的草地，来自广远的天空，来自点缀其间的静寂的牛马：我被一种质朴悠远的气息感动着，眼里不觉会溢了泪水。

我不能忘怀草原中对于色彩的经验。旷野之中的色彩尽管单调，但绝非乏味，而愈是于颜色不甚喧闹和繁杂的所在，偶然显现的单纯的色彩才愈加耀眼，使人真如澡雪一般的畅意。倘若你在这一望无际的广原上驱驰而过，此时一大片齐整而耀眼的金黄的向日葵直扑视野，恐怕你也必如我一样在心底惊呼不已吧。我当时确是惊愕了，那里流淌的纯粹的金黄色彩，在高旷的蓝天映衬之下，真是最可赞美与享用的奇观！这些炫目的色彩适合在荒凉的景物中，只有在这些单调的草原与荒野里，才可以显示色彩的力，足以撼人魂魄。我想起凡·高在到达法国南方的情景，那种由太阳和向日葵所焕发出来的单一的色彩对于视觉的刺激使画家几乎不能自持。那是单纯的力量。对于凡·高而言，于向日葵的金黄之中，有上帝一样的神圣力量。你可以看到草坡之上，大片的向日葵铺展着，金黄的色彩遂瞬间弥漫在整个空间里,而较之其他植物所特有的整饬与秩序,这种神奇的花朵又平添一种装饰与图案之美。或是一角泥屋,于低矮的泥墙之下,也可见茂盛地生长着的向日葵,而正是这些稀疏点缀着的色彩,使得这间泥屋与荒旧泥墙不至于显得荒寒、干涩和鄙陋。我还第一次见到了荞麦花,而且是如此恣肆地蔓延着的荞麦花,由荒野之间望去,竟如一片银白世界,这种景象令我惊诧不已。想起在青海湖边或是在西藏看油菜花的经验,几与此相仿佛。单纯的向日葵的金黄与荞麦花的银白,蜿蜒于更为单纯而广远的天空的湛蓝之下,实在是我平生所见的最为壮美夺目的景物。

假若你问我于茫茫草原之间最令人感动的动物,我会先请你在脑海之中想象与勾勒这样一种景象:天似穹庐,笼罩四野,在这苍茫寥廓的天地之间,有骏马姿态闲雅地漫步,那种景象绝对会令你迷醉陶然。马比之牛羊似乎更有气质和灵性,也似乎更能引发诗情。《世说新语》常以"器朗神俊"赞美那些气质不凡的名士,在我看来,用这四个字来描绘这些气度轩昂的马,真是神来之笔。有时候,当这些悠闲挺秀的生灵或奔跃于荒野,或俯首静寂地吃草的时刻,你会觉得,与其说它们姿态雍容高贵,毋宁说显得有些神圣,在它们的神态里,有一股弥漫其间的英气。这是些惯于在无边草场上奔跃的马,使人想起悲鸿先生笔下的奔马,或是赵松雪的弥漫着贵族气息的《秋郊饮马图》。蒙古民族,强悍,敏捷,朴拙,正是这些马的写照。我隐然觉得,在这静寂的大草原中,它们才是其中的主人和神灵。我经常屏住呼吸观看它们,心里的情感近乎虔敬!黄昏了,暮野四合,天际的火烧云翻滚涌动,大地广远,浸染着一种沉着而柔和的浅金色,此时我相隔咫尺,看着两匹马俯下身来吃草,四周寂然无声,我浑然忘记这个世界的存在,心里满是感激的情绪:感谢这些造物所赐予的神奇的作品!

达里湖边无垠的贡格尔草原,似与天接,在夕阳西下的时节,天空的富丽堂皇的色彩真是令人陶醉。在天的极处,草原是黑暗的,而云彩此时却极尽绚烂,肆意铺展蔓延的云朵,遮挡在落日的前方,于是在云朵的四周,就环射出橙黄欲滴的阳光来,想起"残阳如血"这四个字,觉得这种意境和情调非在此处断不能深刻领悟!对于250平方公里的达里湖而言,说"碧波千顷"并不是夸张。我们很幸运,在黄昏时刻来到达里湖,否则真要错过这些美丽的晚霞与天空。只有我们和几个由附近林西县来的垂钓人。"闲来垂钓碧溪上,忽复乘舟梦日边。"垂钓历来适于隐士的情调,是一种近于贵族的消遣,尤其在这旷远的天空之下,在这无边的大湖里，这种消遣更是近于神仙生涯。周遭很静，他们谈笑风生。我私心极歆慕这些人的悠然心境，廓然无累，无所羁念。此时没有游人了，天色也转为微红，这是黄昏的颜色。夕阳照在湖面上，徐徐泛动的湖水折成微细的皱纹。时有敏捷的鸥鸟盘桓于碧波之上，有时逆风振翅而飞，竟然可以不动，姿态优雅极了。偶有大鸟起落，有人说是野鸬鹚，有人说是野天鹅，后读到诗人王枢的诗句："中函岛屿水平铺，绝妙禽鱼飞跃图。"正可印证眼前所见。钓上来的瓦氏雅罗鱼（俗称华子鱼）身体雪白，烤食，据说味美倾城，使人难以抵挡。晚上在湖边的馆子吃烤华子鱼，知道所传非虚。

　　小时候就酷爱《草原之夜》的旋律与意境。"美丽的夜色多沉静，草原上只留下我的琴声"，那种苍凉悠远和深情的意味，曾浸染熏陶过我幼小的心魂。深沉而广大的夜，无所遮挡的思绪，沉静里渗透着寂寞与凄清的意味。我且享用这清寂的夜吧。远处有蟋蟀的鸣声，悠远，纤细，宛若游丝，令我想起儿时乡下的夜晚，尤其是秋之夜，宜于"独坐听蛩鸣"的夜。推门出去，露水打湿裤腿和脚背，抬头，猛然发现群星从未有这样大与近，这样清晰，近乎触手可及！漫天星斗，银河似练，我确乎很久未见如此美妙的繁星，与如此澄澈的夜空了。气息清凉，冰人肌肤，深吸一口气，心里吟出"独立风满袖，开轩星入怀"的诗句。院子里时有犬吠。一夜无梦，睡得极沉。我且享用这草原清寂的夜吧。

2001年8月于内蒙古赤峰

梦想敦煌路八千

——西行散记

一

似乎有多年没有聆听喜多郎的音乐了。我记得那种仿佛在沙丘上流动的风一样缥缈的乐声。那是关于丝路与敦煌的音乐,空旷而遥远,宛如苍茫的思绪里含着淡而凄清的忧伤。时隔多年,而印象却清晰如昨。断断续续扑朔迷离的回想占据了我。甜蜜,迷醉,幸福,惆怅。这是多么宝贵的回想啊。

多少次在梦中踏上那段漫漫的长途。我相信那是一段心灵之旅,拯救之旅,梦想之旅,忧伤之旅,是一个少年心灵的成长之旅。岁月如秋花一样缤纷垂落,如果说有一种回忆可以横亘我的生命,那么我相信敦煌之旅必是其中灿烂鲜美的一朵记忆之花。虽然我明白"岁月之美在于她必然的流逝",可是每当我想到天水街头泡桐叶的香气和麦积山的烟雨迷蒙,想到黄河岸边凄艳的日落,想到嘉峪关苍茫的城头和关外漫无涯际的荒野,想到马蹄寺里的香烟袅袅与梵音悠悠,想到长安的雨、山丹的无边的夜、鸣沙山上优美伸展的沙丘、月牙泉边的明月,当我重新体味行在千里荒漠之中四顾茫然的那种极端寂寞的感觉时,仿佛在深深体味一种生命难再的无奈的忧伤。

而今我的思绪再一次回到那片柔媚富饶的家乡,回到我心灵的故园。蜿蜒伸展的沙漠之影,碧蓝澄净的天际,虔敬而庄严的信仰,烂漫幽雅的衣褶飞舞……记忆里所有的夕照,月光,流水,风声,云朵,以及那种弥漫太虚的幸福的气息,高蹈、超脱、放旷而又如此安详自在的气息,重又在怀想的深处鲜亮丰满起来。

二

一个安静空寂的早晨。忧伤的少年独自坐在一株巨大的白皮松下。地上茂盛的马尾草被初生的太阳蒸出浓郁的气味。早晨的阳光滤过针叶,均匀而亲切地洒在倦怠的脸上。此时蝉声绵密而响亮。他感到一种焦灼而漫长的等待,渴望逃脱,渴望可以如同羽毛一样四处飘荡。而西行的愿望就是这样于不知不觉中滋生并清晰起来了。

当列车驶出沉闷而喧嚣的大城,在华北平原一望无际的平畴上奔驰的时候,我感到一种前所未有的空灵而令人迷醉的自由,一种挣脱羁束的欢畅。在车上,我涂下了如下的诗句:"我在夕阳的温暖里倏然而过 / 我看到我在前面 / 撕掉幽雅轻盈地振翅而飞 / 平原与白桦林惊厥着回望。"

三

古雅沉秀的长安。我喜欢"长安"这个浑厚大气的名字。想起"秦王扫六合,虎视何雄哉"的气概,想到汉代"威加海内归故乡"的雄风,想起盛唐几百年的文治武功,长安凝结着一个民族当其鼎盛的蓬勃生长时期那种充满自信的骄傲感。我曾经在搜罗宏富囊括文物精华的陕西博物馆里逡巡沉吟,那栋浸透着汉唐古朴雄健刚劲厚拙风格的宫阙,尤其令人回味不已。我想念长安钟楼黄昏的天色。一片浅黄色的晚照之中巨大的楼阁的剪影,格调深沉而悠远。燕子纵横飞舞,上下颉颃。那是一种让人倍感清寂的景象。我还记得大慈恩寺的熹光乍露的清晨。年轻的僧人悠然自得地在寺院里游走,高大的铜鼎映着初升的太阳的反光。大雁塔似乎积聚着一种内敛蕴蓄的力,卓尔不群,而又沉静、庄严,远望,仿佛要把人的魂魄都抛举到天上去。岑参说"登临出世界",而杜甫却感到"自非旷世怀,登兹翻百忧",入世与出世,两种心境,迥然不同。立在极顶,暂放尘心,骋游物外,那一瞬,渺小的自卑与伟大的悲悯情怀同时涌出。我不能忘记站在秦俑前那种冲动与震撼,那种可以摄人心魄的雄浑沉默的力量。凭栏俯视这排山倒海气势磅礴的仪仗,近于窒息。"挥剑决浮云,诸侯尽西来",千秋任毁誉,掌上转乾坤,历史难断,造化弄人。临别长安,黄昏细雨迷离,雨里的街市朦胧欲醉,不由自主地吟出两句古诗:"西风凋碧树""落叶满长安",心里掠过一丝秋意,莫名地惆怅而沉重。

四

渭水浑浊，缓慢流过视线。陕甘边境的风物，有一种深沉苍老的趣味。土塬壁立，荒凉而厚重，稀疏点缀的牛羊在俯首吃草。这让我猛然想起长安画派石鲁先生笔下的黄土高原。瘦硬的线条，单调的景物，用赭石色凌乱堆积的画面。贫瘠中蕴藏着可以打动人心灵的凄美雄奇。过武功、宝鸡，至天水。这段旅途，乃古丝绸之路的一条捷径，即自长安起程，直奔宝鸡，折而向北，过陇西，越陇山，入甘肃，至古秦州（天水）地界，自汉唐以降，一直是关中通往陇上的必经之途。三国时诸葛司马争踞陇上，盛唐玄奘西行取经，诗圣杜甫弃官西行，皆经此路至天水。

黄昏，蜿蜒行于四面伟岸的青山之中，入天水时，夕照正红，阳光洒在高大的泡桐树上，意态萧然，颇有"细雨骑驴入剑门"的野趣。《秦州志》："秦州雄郡，南扼巴汉，北枕韦夏，东通关陕，西走河湟，险隘阻奥，山川纠结，割据争衡，此固交驰之所也。"可见天水地理的险要。杜甫《秦州杂诗》云："莽莽万重山，孤城山谷间。无风云出塞，不夜月临关。"而卢照邻《入秦州界》云："陇坂长无极，苍然望不穷。石径萦疑断，回流映似空。"两诗颇与眼前所见的景象相契。天水乃羲皇故里，伏羲庙古旧宏大、巨柏参天，这里的静谧，使人思绪悠远，时起怀古之幽情。清吴西川诗："采药归僧晚，挑灯静话禅。寺门关夜月，山径锁秋烟。竹影垂帘重，松声隔牖穿。羲皇宫阙近，可许叩先天。"而今，读此散淡清寂的诗篇，回想在玉泉观盘桓的景象，忽有隔世之感。我至今记得在玉泉观雷公殿里所见的相貌闲雅的道士，蓄着长髯，束着发，身上罩着青色道袍，安闲地在门前埋首读书。尘世在他面前退却了，消逝了，时空仿佛凝滞在遥远古老的地方，远处传来缥缈的道乐和铿锵的钟磬之音。那是另外一个世界的声音。

我不能忘记烟雨迷蒙中的麦积山，栈道悬空，洞窟巢布于崖上，站在大佛之下，被他静穆悲悯的微笑的光芒所掩，仿佛迷思于命运的诡谲与庄严。到南郭寺，谒杜少陵祠。杜甫《秦州杂诗》："山头南郭寺，水号北流泉。老树空庭得，清渠一邑传。秋花危石底，晚景卧钟边。俯仰悲身世，溪风为飒然。"祠门大匾书："满腔孤愤"，实在是诗圣当年心境的好写照。过观音殿，一则对联颇有慧根："东土耶，西土耶，古柏灵根不二；风动焉，幡动焉，北流泉水湛然"，横批是"应无所住"。风动幡动的典故出自禅宗，而"应无所住"四字，是我在很久之后研读《金刚经》才明了的。《金刚经》第四品《妙行无住分》云:"菩萨于法,应无所住。"《金刚经》开篇中弟子须菩提问"云应何住,云何降伏其心",而佛祖则答:"应无所住,无所降伏其心。"真是大彻大悟之语。也就是那四句偈:"一切有为法,如梦幻泡影,如露亦如电,应作如是观。"

五

我的眼前浮现出兰州黄河岸边一片荫翳蔽日的树林,想起那些在林里品茗弈棋的悠然自得的老人,想起简陋的舞台上那震天动地荡气回肠令人神往的秦腔艺人的歌唱。蝉声四起,橘红的夕阳铺展在黄河凝重的水面上,使人想起"残阳如血"的话。六年之后,由于偶然的机缘,我得以重游兰州,重新站在黄河岸上看这如血的残阳,物是人非,仿佛隔世,想起东坡两句诗:"人似秋鸿来有信,事如春梦了无痕。"不禁生出一些人生如梦的感慨。"季节之河,时光之河,无常的悲欢之河,永逝不返的命运之河。"这是我第一次到兰州黄河的诗句。

兰州南永靖县境内,有著名的刘家峡。离峡极远处,就听见大水轰鸣如雷,近看则见巨流如瀑,汹涌呼啸而来,这一泻千里的气概,涵盖一切的巨大音响,仿佛一切都在它的震怒之下。白浪排空,如天风海雨般逼人。两个极其形象的字涌上心来:"响雪"。而水坝内则是另外一番气象:一碧万顷,水波不兴,如同处子般的宁静。在这里,我们同时看到两种迥然相异的风韵和格调:一边是安详从容,儒静厚重,一边是奔纵恣肆,放旷不羁,不可一世。我想起刘家峡边的长夜,新月高悬,呐喊般的水声更衬托着夜的宁静。当我清晨掬一捧清澈的溪水洗脸的时候,内心深处不禁对神发出甘甜的赞美。自刘家峡逆流而上,过积石山,至举世闻名的炳灵寺石窟。夹岸群山耸立,山体颀长而峥嵘,偶见山鹰在空中悠然盘旋。炳灵寺石窟纯是盛唐气象,磅礴大度,雍容华美,堪称古代无名艺术家的不朽之作。归来,忽飘细雨,扁舟在水中飘摇,想起东坡《赤壁赋》:"纵一苇之所如,凌万顷之茫然。浩浩乎如凭虚御风,而不知其所止,飘飘乎如遗世独立,羽化而登仙。"不知身在何处。

六

过武威（古凉州），至山丹。其地北接腾格里沙漠之边缘，南领祁连山之余脉，古长城遗迹断续蜿蜒，残垣颓壁随处可见。时而是一望无垠的丰茂草坂，羊群在清湛的天空下如云朵缓缓移动；时而是沙砾与荒原的世界，旷野寂寥，单调的景物令眼睛枯滞欲泪；时而又是绵延的峻峰，山体绿意葱茏，有着线条分明的斩截的皱褶。孤独的坟堆散布在荒草旷野之间，让我感到生死的渺小。我不能忘记山坳之间那些错落有致的令人感到温暖的村落。入夜，远近皆听见犬吠。炊烟缭绕，一片朦胧。牧羊人挥鞭归来。山高月小，四周静如太古。深夜，天空呈现极为纯净的深蓝，月光明澈怡人。童年田园的印象纷至沓来，多么温暖秀美的爱的家园啊。我想念那一夜的幻梦！我至今感激那些朴素的乡民所给予的同样温暖的关怀。想起卢梭的话："有些人的幸福生活，例如农民的田园生活，使我们的心为之感动。看见那些忠厚的幸福的人，我们的心都着迷了。我们真真实实地喜欢他们，并觉得我们能够抛弃我们的地位，去过那种安宁淳朴的生活，去享受他们那种幸福。"

七

雪峰皑皑,流水淙淙,紫衣飞扬,经幡飘动。张掖(古甘州)境内肃南裕固族自治州马蹄寺,与敦煌莫高窟、安西榆林窟并称河西三大艺术宝窟。但唯有马蹄寺,至今仍浸透着鲜活的宗教气息。在山峦峰谷之间,绿荫芳草地上,飞泉流水声中,时见小喇嘛天真凝重的身影,他们斜披深紫色袈裟,由远处迤逦而来,似乎忘怀尘世的喧嚣与纷乱,尽情享用世外桃源之趣。在凿于山体内的石洞内蜿蜒爬行,战战兢兢,犹如在攀登到达天堂的路,极艰辛、极惶恐,又极兴奋、极幸福。年轻的喇嘛在昏暗的石穴中虔诚忘我地诵经,声调婉转悠扬,宛如一种发自肺腑的咏唱。马缨草在风中轻轻摇动,白云在头上时卷时舒,直率而热烈的阳光,将马蹄寺照得通体辉煌、如同仙境——我有一点醉意,一种空前的忘怀注满全身。明诗:"古刹层层出上方,云梯石蹬步回长。金神宝相莲开座,玉梵清音月近床。茶沸烟腾禅出空,花飞泉落水流香。逢僧共说无生话,回首音尘意自茫。"时隔多年,那遥远的雪峰的神秘,天空与阳光的圣洁,小喇嘛九迈加措道别时那清澈而真挚的一笑,以及他那因奔跑而飞扬起来的紫色的袈衣,仍历历在目。

八

经酒泉（古肃州）往嘉峪关。大漠蔓延，于雄浑之中品味荒瘠。此时一角泥屋一蓬棘草，已足令人雀跃，足令倦怠的视野得到些许润泽；更不必说一带孤城，铺天盖地如天上降，一道莽莽雄关，巍巍屹立如巨人横空出世！抚摩着斑驳的城墙远望，目光的极尽处是祁连山晶亮夺目的雪脉。旭日初升，照得城墙红艳如火，似乎要烧起来了，而整个嘉峪关如同一只火鸟，如同涅槃之际的凤凰。想象秋日萧索之时，四面黄尘，胡笳悲吟之声，断续入耳，守关军旅，顿起故园之思，登高抚陴，怆踉萦怀；又当薄暮时分，夕阳西下，残照临空，羊群疾走，此又是充满西域情调的牧归图。羁旅至此，仰观宇宙之大，俯察己身之渺，暂时收拾尘心，一吟庄子的"逍遥游"。

九

八千里路云和月。如同赴一场生命的约会，我终于到达了敦煌。而敦煌几乎是不可言传的。敦煌对于我而言始终是一个图腾，一则神话。这个深夜，八月的酷暑之中，我怀想敦煌，追忆整整七年前的旅行，犹如心灵再一次经历艰辛而幸福的洗礼。敦煌，艺术的浪漫气息与宗教的虔敬庄严氛围相交融的所在，在洞穴壁画之间穿行，色彩炫目，想象瑰奇，灵魂融化，身心俱醉。洞窟开启，飞天在头顶衣袂飞扬，仿佛天使震动轻薄的羽翅，那是令人窒息迷醉的音乐。鸣沙山的沙丘在夕阳下伸展着令人震惊的优美的曲线，此时万籁俱寂，心灵与大地同感颤动，月牙泉波光四起。回身，我看到了月亮，此生最圣洁最明澈的月亮，在我的眼前灿烂映照。时隔七年，今天，在我29岁生日的这一天，我在中国历史博物馆看"敦煌艺术大展"，沙丘重新在眼前伸展，飞天仍旧在四周烂漫飞舞，佛光悲悯俯视尘世，时光倒流，此时双眼已溢满泪水。这个夜，还是七年前那个真挚敏感而忧伤的少年，怀想那个赐予我奇迹命运的神圣的所在，重新翻检他生命里如诗如梦的一页，以静穆、沉寂、虔诚而迷茫的心境写下诗篇《怀想敦煌》，奉献给那段行旅，奉献给伴我行旅的人：

怀想敦煌
那是沙漠的村庄

庄稼的天堂

眼泪里满是泥土的印象

湖水漆黑，尸骸四伏

水草滋生，牛马兴旺

怀想敦煌

那是魔鬼与命运女神

共同守护的贞操之乡

那时天还未亮

蜥蜴爬行在坟茔之间

少年爬行在爱情的云梯之上

太阳焦枯弓箭

大河腐蚀雕像

遥远的命运身驾白马

驶过魏晋唐宋的斑斑画墙

月色诡谲，大火横扫荒原

而我，这一贫如洗的流浪诗人

却用陶醉的双脚踏遍道道山冈

怀想敦煌
我青春季节的蓬勃心脏
在那个寂静的子夜
我沉浸于清洁而高贵的梦想
与所有幸福的祖先一样
我渴望手捧锄头烟叶与肉体
生育，耕种，睡眠，歌唱

大风吹起，暮野四合
野兽栖息，尘土飞扬
佳美如露珠的少女与诗人
坐在巍巍佛像的阴影之上
覆盖不可预知的上帝的幔帐
战栗，哭泣，放纵，沦丧

而今我怀想那漫漫长途
哀悼那甜蜜里充塞的激情与欲望
而今我怀想敦煌
如同怀想一座葳蕤温存的花园
如同怀想少女清澈的感伤

那里经幡飞舞,雪山闪亮
我用整个灵魂追忆石窟
追忆锈迹累累的神圣雕像

多少大水,席卷敦煌
多少头颅,埋葬于冬天的墓场
而现在已是春光明媚
我用什么祭奠神圣的命运
用什么凭吊爱情与沦丧
上帝,我在子夜忏悔,但我无罪

2000年8月15日深夜